語言是通往世界的橋梁

語言鳥 Parrot
語言是通往世界的橋梁

한국어로 어떻게
말하는지 정말 알고 싶다

好想知道這句韓語怎麼說

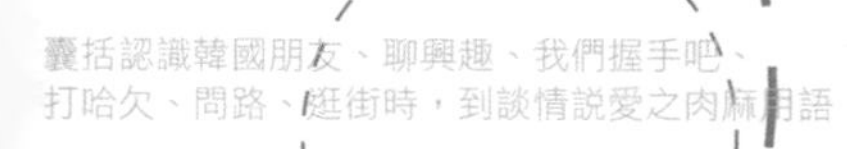

韓國文字的結構

韓文為表音文字，分為子音和母音，韓文字就是由子音和母音所組合而成。基本母音和子音各為10個字和14個字，總共24個字。基本母音和子音在經過組合之後，形成16個複合母音和子音，提高其整體組織性，這就是「韓語40音」。

每個韓文字代表一個音節，每音節最多有四個音素，而每字的結構最多由五個字母來組成，其組合方式有以下幾種：

1. 子音加母音，例如：나（我）
2. 子音加母音加子音，例如：방（房間）
3. 子音加複合母音，例如：귀（耳）
4. 子音加複合母音加子音，例如：광（光）
5. 一個子音加母音加兩個子音，例如：값（價錢）

韓語 40 音發音對照表

一、基本母音（10個）

Track 002

	ㅏ	ㅑ	ㅓ	ㅕ	ㅗ	ㅛ	ㅜ	ㅠ	ㅡ	ㅣ
名稱	아	야	어	여	오	요	우	유	으	이
拼音發音	a	ya	eo	yeo	o	yo	u	yu	eu	i
注音發音	ㄚ	一ㄚ	ㄛ	一ㄛ	ㄡ	一ㄡ	ㄨ	一ㄨ	(ㄜ)	一

說　明

- 韓語母音「ㅡ」的發音和「ㄜ」發音有差異，但嘴型要拉開，牙齒快要咬住的狀態，才發得準。
- 韓語母音「ㅓ」的嘴型比「ㅗ」還要大，整個嘴巴要張開成「大O」的形狀，「ㅗ」的嘴型則較小，整個嘴巴縮小到只有「小o」的嘴型，類似注音「ㄡ」。
- 韓語母音「ㅕ」的嘴型比「ㅛ」還要大，整個嘴巴要張開成「大O」的形狀，類似注音「ㄧㄛ」，「ㅛ」的嘴型則較小，整個嘴巴縮小到只有「小o」的嘴型，類似注音「ㄧㄡ」。

二、基本子音（10個）

Track 003

	ㄱ	ㄴ	ㄷ	ㄹ	ㅁ	ㅂ	ㅅ	ㅇ	ㅈ	ㅊ
名稱	기역	니은	디귿	리을	미음	비읍	시옷	이응	지읒	치읓
拼音發音	k/g	n	t/d	r/l	m	p/b	s	ng	j	ch
注音發音	ㄎ	ㄋ	ㄊ	ㄌ	ㄇ	ㄆ	ㄙ,(ㄒ)	不發音	ㄗ	ㄘ

說　明

- 韓語子音「ㅅ」有時讀作「ㄙ」的音，有時則讀作「ㄒ」的音，「ㄒ」音是跟母音「ㅣ」搭在一塊時才會出現。
- 韓語子音「ㅇ」放在前面或上面不發音；放在下面則讀作「ng」的音，像是用鼻音發「嗯」的音。
- 韓語子音「ㅈ」的發音和注音「ㄗ」類似，但是發音的時候更輕，氣更弱一些。

三、基本子音（氣音4個）

Track 004

	ㅋ	ㅌ	ㅍ	ㅎ
名　稱	키읔	티읕	피읖	히읗
拼音發音	k	t	p	h
注音發音	ㄎ	ㄊ	ㄆ	ㄏ

說　明

- 韓語子音「ㅋ」比「ㄱ」的較重，有用到喉頭的音，音調類似國語的四聲。
  ㅋ＝ㄱ＋ㅎ
- 韓語子音「ㅌ」比「ㄷ」的較重，有用到喉頭的音，音調類似國語的四聲。
  ㅌ＝ㄷ＋ㅎ
- 韓語子音「ㅍ」比「ㅂ」的較重，有用到喉頭的音，音調類似國語的四聲。
  ㅍ＝ㅂ＋ㅎ

四、複合母音（11個）

Track 005

	ㅐ	ㅒ	ㅔ	ㅖ	ㅘ	ㅙ	ㅚ	ㅞ	ㅝ	ㅟ	ㅢ
名稱	애	얘	에	예	와	왜	외	웨	워	위	의
拼音發音	ae	yae	e	ye	wa	w ae	oe	we	wo	wi	ui
注音發音	ㄝ	ㄧ ㄝ	ㄟ	ㄧ ㄟ	ㄨ ㄚ	ㄨ ㄝ	ㄨ ㄟ	ㄨ ㄟ	ㄨ ㄛ	ㄨ ㄧ	ㄜ ㄧ

說　明

- 韓語母音「ㅐ」比「ㅔ」的嘴型大，舌頭的位置比較下面，發音類似「ae」；「ㅔ」的嘴型較小，舌頭的位置在中間，發音類似「e」。不過一般韓國人讀這兩個發音都很像。
- 韓語母音「ㅒ」比「ㅖ」的嘴型大，舌頭的位置比較下面，發音類似「yae」；「ㅖ」的嘴型較小，舌頭的位置在中間，發音類似「ye」。不過很多韓國人讀這兩個發音都很像。
- 韓語母音「ㅚ」和「ㅞ」比「ㅙ」的嘴型小些，「ㅙ」的嘴型是圓的；「ㅚ」、「ㅞ」則是一樣的發音，不過很多韓國人讀這三個發音都很像，都是發類似「we」的音。

五、複合子音（5個）

Track 006

	ㄲ	ㄸ	ㅃ	ㅆ	ㅉ
名　稱	쌍기역	쌍디귿	쌍비읍	쌍시옷	쌍지읒
拼音發音	kk	tt	pp	ss	jj
注音發音	ㄍ	ㄉ	ㄅ	ㄙ	ㄗ

說　明

- 韓語子音「ㅆ」比「ㅅ」用喉嚨發重音，音調類似國語的四聲。
- 韓語子音「ㅉ」比「ㅈ」用喉嚨發重音，音調類似國語的四聲。

六、韓語發音練習

Track 007

	ㅏ	ㅑ	ㅓ	ㅕ	ㅗ	ㅛ	ㅜ	ㅠ	ㅡ	ㅣ
ㄱ	가	갸	거	겨	고	교	구	규	그	기
ㄴ	나	냐	너	녀	노	뇨	누	뉴	느	니
ㄷ	다	댜	더	뎌	도	됴	두	듀	드	디
ㄹ	라	랴	러	려	로	료	루	류	르	리
ㅁ	마	먀	머	며	모	묘	무	뮤	므	미
ㅂ	바	뱌	버	벼	보	뵤	부	뷰	브	비
ㅅ	사	샤	서	셔	소	쇼	수	슈	스	시
ㅇ	아	야	어	여	오	요	우	유	으	이
ㅈ	자	쟈	저	져	조	죠	주	쥬	즈	지
ㅊ	차	챠	처	쳐	초	쵸	추	츄	츠	치
ㅋ	카	캬	커	켜	코	쿄	쿠	큐	크	키
ㅌ	타	탸	터	텨	토	툐	투	튜	트	티
ㅍ	파	퍄	퍼	펴	포	표	푸	퓨	프	피
ㅎ	하	햐	허	혀	호	효	후	휴	흐	히
ㄲ	까	꺄	꺼	껴	꼬	꾜	꾸	뀨	끄	끼
ㄸ	따	땨	떠	뗘	또	뚀	뚜	뜌	뜨	띠
ㅃ	빠	뺘	뻐	뼈	뽀	뾰	뿌	쀼	쁘	삐
ㅆ	싸	쌰	써	쎠	쏘	쑈	쑤	쓔	쓰	씨
ㅉ	짜	쨔	쩌	쪄	쪼	쬬	쭈	쮸	쯔	찌

前言

想說卻說不出口？好想知道這句韓語怎麼說。

本書選出最常用的口語1800句以上，生活中我們常常講的話，搖身變成生活韓語！

「好冏」怎麼說？

「左撇子」、「好做作」、「路痴」、「錯愕」、「有空嗎？」「請做成不辣的。」這些超實用又生活化的用語，韓語怎麼說？本書全都有！

還有更多豐富有趣的常用語，認識韓國朋友、問名字、興趣、來握手、打哈欠、問路、逛街時，到談情說愛之肉麻用語，通通學起來！

想知道這句韓語怎麼說？有了這一本，幫助您輕鬆學到好想說出口的韓語唷！

CONTENTS 目錄

第一篇

日常用語

Track 008

안녕하세요 ?
an nyeong ha se yo
您好？

외국사람 이에요 ?
oe guk sa ra mi e yo
你是外國人嗎？

네, 외국사람 이에요.
ne oe guk sa ra mi e yo
是的，我是外國人。

어디에서 왔어요 ?
eo di e seo wa seo yo
你從哪裡來的？

대만에서 왔어요.
dae ma ne seo wa seo yo
我是從台灣來的。

한국사람이에요 ?
han guk sa ra mi e yo
你是韓國人嗎？

몇 살이세요 ?
myeot sa ri se yo
你幾歲？

이름이 뭐예요?
i reu mi mwo ye yo
你叫什麼名字？

취미가 뭐예요?
chwi mi ga mwo ye yo
你的興趣是什麼？

축구이에요.
chuk gu i e yo
足球。

노래하는 것 좋아요.
no rae ha neun geot jo a yo
我喜歡唱歌。

음악듣기.
eu mak deut gi
聽音樂。

사진을 찍어요.
sa ji neul jji geo yo
攝影。

가족은 어떻게 되세요?
ga jo geun eo tteo ke doe se yo
你的家庭成員有誰？

아버지, 어머니, 저 그리고 남동생이 있어요.
a beo ji eo meo ni jeo geu ri go nam dong saeng i i seo yo
爸爸，媽媽，我還有弟弟。

어디에서 일 하세요 ?
eo di e seo il ha se yo
你在哪裡工作？

무슨 일을 하세요 ?
mu seun i reul ha se yo
你是做什麼工作的？

저는 회사원이에요.
jeo neun hoe sa wo ni e yo
我是上班族。

나이가 어떻게 되세요 ?
na i ga eo tteo ke doe se yo
年紀是幾歲？

몇 년생이에요 ?
myeot nyeon saeng i e yo
你是哪一年生的？

몇 살이세요 ?
myeot sa ri se yo
你幾歲？

나이에 비해 어려 보여요.

na i e bi hae eo ryeo bo yeo yo

你看起來比實際年齡年輕耶。

내가 몇 살이라고 생각해요 ?

nae ga myeot sa ri ra go saeng ga kae yo

你覺得我幾歲？

나랑 동갑이에요.

na rang dong ga bi e yo

和我同年。

생일이 언제예요 ?

saeng i ri eon je ye yo

你生日是什麼時候？

당신은 어떤 연예인이랑 닮았어요.

dang si neun eo tteon yearn ye in i rang dal ma seo yo

你長得好像哪個明星耶。

운동을 좋아해요 ?

un dong eul jo a hae yo

你喜歡運動嗎？

좋아하는 음식이 뭐예요 ?

jo a ha neun eum si gi mwo ye yo

你喜歡吃什麼？

한국요리 좋아해요.
han guk yo ri jo a hae yo
我喜歡韓國料理。

다 좋아해요.
da jo a hae yo
我都喜歡。

대만에 온 지 얼마나 됐어요？
dae ma ne on ji eol ma na dwae seo yo
你來台灣多久了？

한국에온 지 일년 됐어요.
han gu ge on ji il lyeon dwae seo yo
我來韓國一年了。

저는 한국을 참 좋아해요.
jeo neun han gu geul cham jo a hae yo
我很喜歡韓國。

여기 사람들 참 친절해요.
yeo gi sa ram deul cham chin jeol hae yo
這裡的人很親切。

반갑습니다！
ban gap seum ni da
很高興認識你！

요즘 잘 지냈어요？
yo jeum jal ji nae sseo yo
最近過得好嗎？

오늘 날씨가 아주 좋은데요.
o neul lal ssi ga a ju jo eun de yo
今天天氣很好耶。

다음에 봐요.
da eum e bwa yo
下次見。

안녕히 가세요！
an nyeong hi ga se yo
再見！（字義：請平安地走唷。）

안녕히 계세요！
an nyeong hi gye se yo
再見！（字義：請平安地待著。）

안녕！
an nyeong
你好！／再見！（朋友之間的用語）

감사합니다.
gam sa ham ni da
感謝。

천만에요.
cheon ma ne yo
不客氣。

죄송합니다.
joe song ham ni da
對不起。

괜찮아요.
gwaen chan na yo
沒關係。

저에 대한 첫 인상은 어때요？
jeo e dae han cheot in sang eun eo ttae yo
你對我的第一印象是什麼？

대만에 대한 인상 어때요？
dae man e dae han in sang eo ttae yo
你對台灣的印象是什麼？

좋은 인상을 남겼어요.
jo eun in sang eul nam gyeo seo yo
留下很好的印象。

第二篇

身體動作心情相關

얼짱 이에요.
eol jjang i e yo
臉蛋讚。

얼굴 참 작아요.
eol gul cham ja ga yo
臉好小喔。

얼굴이 예쁘다.
eol gu ri ye ppeu da
臉蛋很漂亮。

얼굴에 로션을 바르다.
eol gu re ro syeo neul ba reu da
在臉上塗乳液。

요즘 무슨 좋은 일 있죠？
yo jeum mu seun jo eun il rit jyo
最近有什麼好事？

당신 얼굴에 다 쓰여 있어요.
dang si neol gu re da sseu yeo i seo yo
都寫在你的臉上了。

몸짱 이에요.
mom jjang i e yo
身體讚。

난 건강해요.
nan geon gang hae yo
我很健康。

살이 빠졌어요.
sa ri ppa jyeo seo yo
變瘦了。

살 쪘어요.
sal jyeo seo yo
變胖了。

살 빼야겠다.
sal ppae ya get da
該減肥了。

다이어트 하고 있어요.
da i eo teu ha go i seo yo
我正在節食。

뚱뚱해요.
ttung ttung hae yo
胖胖的。

뚱뚱하지 않아요.
ttung ttung ha ji a na yo
你不胖。

건강은 더 중요해요.
geon gang eun deo jung yo hae yo
健康更重要。

긴 생머리를 좋아해요.
gin saeng meo ri reul jo a hae yo
我喜歡長直髮。

짧은 머리가 있어요.
jjal beun meo ri ga i seo yo
我是短髮。

피부가 좋아요.
pi bu ga jo a yo
皮膚好好喔。

피부를 어떻게 관리하세요？
pi bu reul eo tteo ke gwan li ha se yo
你都怎麼保養皮膚？

몸을 어떻게 관리하세요？
mo meul eo tteo ke gwan li ha se yo
你都怎麼保養身體？

와우, 몸매 죽이는데！
wa u mom mae ju gi neun de
哇，身材真不是蓋的。

만져봐요.
man jyeo bwa yo
摸摸看。

멋있다.
meo sit da
好帥。

예쁘다.
ye ppeu da
漂亮。

기분이 좋은데.
gi bu ni jo eun de
心情很好。

목이 말라요.
mo gi mal la yo
好渴。

배고파요.
bae go pa yo
好餓。

하품을 해요.
ha pu meul hae yo
打哈欠。

기침 나요.
gi chim na yo
咳嗽。

재채기를 해요.
jae chae gi reul hae yo
打噴嚏。

코가 막혀요.
ko ga ma kyeo yo
鼻塞。

콧물을 흐려요.
kot mu reul heu ryeo yo
流鼻水。

몸살이에요.
mom sa ri e yo
是過勞。（因為過度疲累產生的病。全身痠痛，沒有活力。）

감기 걸렸어요.
gam gi geol lyeo seo yo
感冒了。

열이 있습니다.
yeo ri it seum ni da
發燒。

심장질환이 있습니다.
shim jang jil hwan i it seum ni da
我有心臟病。

나는 물고기 알레르기가 있습니다.
na neun mul go gi al le reu gi ga it seum ni da
我對魚肉過敏。

온몸이 쑤셔요.
on mom i ssu syeo yo
全身痠痛。

등이 가렵다.
deung i ga ryeop da
背部發癢。

조금 기분이 나아졌습니다.
jo geum gi bu ni na a jyeot seum ni da
我現在有好一些。

배가 나왔어.
bae ga na wa seo
小腹跑出來了。

땀을 많이 흘리시는군요.
tta meul ma ni heul li si neun gun nyo
你流好多汗喔。

머리에 비듬이 심해요.

meo ri e bi deu mi shim hae yo

頭皮屑很多。

어지러워요.

eo ji reo woe yo

頭暈。

간지러워요.

gan ji reo woe yo

好癢喔。

멍하다.

meong ha da

發呆。

왜 멍하고 있어요?

wae meong ha go i seo yo

你怎麼在發呆？

가뿐해.

ga ppun hae

輕盈／輕鬆。

가벼워요.

ga byeo woe yo

好輕喔。

무거워요.
mu geo woe yo
好重喔。

몸이 좋지 않아요.
mom i jo chi a na yo
身體不好。

몸이 찌뿌둥하다.
mom i jji ppu dung ha da
身體覺得重重的。

몹시 지쳤다.
mop si ji chyeot da
筋疲力盡。

그녀는 다이아몬드 반지를 끼고 있었다.
geu nyeo neun da i a mon deu ban ji reul kki go i seot da
她帶著鑽石戒指。

팔을 뻗어라.
pa reul ppeot deo ra
張開雙臂。

어깨가 뻐근해요.
eo kkae ga ppeo geun hae yo
肩膀僵硬。

Track 023

목이 아파요.
mo gi a pa yo
脖子痛。

발등에 불이 떨어졌다 .
bal deung e bu ri tteo reo jyeot da
十萬火急。／火燒屁股。

몸이 불변해요 ?
mo mi bul byeon hae yo
身體不舒服嗎？

식욕이 있어요 ?
sik yo gi i seo yo
你有食慾嗎？

허리를 삐끗했다.
heo ri reul ppi kkeu taet da
閃到腰了。

삔 것 같아요.
ppin geot ga ta yo
好像扭傷了。

발목을 삐었다.
bal mo geul ppi eot da
腳扭到了。

발을 삐었습니다.

ba reul ppi eot seum ni da

腳扭到了。

눈이 삐었니 ?

nu ni ppi eot ni

有眼無珠。／沒眼光。（字義：眼睛扭到了嗎？）

발에 쥐가 났다.

ba re jwi ga nat da

腳抽筋了。

다쳤어요.

da chyeo seo yo

受傷了。

살살 해주세요.

sal sal hae ju se yo

輕一點。

아파요.

a pa yo

好痛。

성격이 털털하고 시원시원하다.

seong gyeogi teol teol ha go si won si won ha da

個性豪爽又乾脆。

저는 기억력이 좋아요.
jeo neun gi eok nyeo gi jo a yo
我記性很好。

손가락 꺾는 소리 냈어요.
son ga rak kkeok neun so ri nae seo yo
讓手指發出喀喀的聲音。

팔자가 세다.
pal ja ga se da
歹命。／八字不好。

팔자가 상팔자다.
pal ja ga sang pal ja da
好命。／八字很好。

긴장했다.
gin jang haet da
很緊張。（過去式）

걱정도 팔자다.
geok jeong do pal ja da
杞人憂天。（字義：擔心也是八字。是自己選擇要擔心的。）

안심해.
an shim hae
安心啦。

악수합시다.

ak su hap si da

我們來握手。

억울해요.

eo gul hae yo

好委屈。

그녀는 억지로 웃었다.

geu nyeo neun eok ji ro useot da

她勉強笑了一下。

여드름이 났어요.

yeo deu reu mi na seo yo

冒出青春痘了。

닭살이 돋았어요.

dak sa ri do da seo yo

起雞皮疙瘩了。

여자에게 잘해주는 남자요？

yeo ja e ge jal hae ju neun nam ja yo

你是對女生很好的那種男人嗎？

온몸이 쑤셔요.

on mo mi ssu syeo yo

全身痠痛。

그는 왼손잡이예요.
geu neun oen son ja bi ye yo
他是左撇子。

우스워 죽을뻔했다.
u seu woe ju geul ppeon haet da
差點笑死。

울보에요.
wool bo e yo
愛哭鬼。

원기 왕성하다.
won gi wang seong ha da
元氣旺盛／精神飽滿。

부담스러워요.
bu dam seu reo woe yo
好有負擔感喔。

그는 쓰러졌어요.
geu neun sseu reo jyeo seo yo
他昏倒了。

인상이 좋아요.
in sang i jo a yo
第一眼給人的印象感覺很好。

인상이 안 좋아요.

in sang i an jo a yo

第一眼給人的感覺不好。

인상좀펴 !

in sang jom pyeo

別皺著眉頭！

입이 싸다.

i bi ssa da

大嘴巴，話很多。（字義：嘴巴很便宜。）

입이 가볍다.

i bi ga byeop da

大嘴巴，很容易洩漏秘密。（字義：嘴巴很輕。）

입이 무겁다.

i bi mu geop da

口風很緊，很會守密。（字義：嘴巴很重。）

입이 깔깔하다.

i bi kkal kkal ha da

嘴巴乾乾的。

입술이 텄어요.

ip su ri teo seo

嘴唇乾裂了。

입만 살았다.

ip man sa rat da

只出一張嘴。（光說不練）

입에 침이나 바르고 거짓말해라.

i be chi mi na ba reu go geo jit mal hae ra

說謊前要先打草稿。／睜眼說瞎話。

（字義：嘴邊的唾沫先擦一下再說謊好嗎。）

잠자고 있어요.

jam ja go i seo

在睡覺。

잠 좀 자야겠다.

jam jom ja ya get da

我該去睡了。

졸려요.

jol lyeo yo

好睏。

저는 안 졸려요.

jeo neun an jol lyeo yo

我不會睏。

적게 먹는다.

jeok ge meok neun da

吃很少。

Track 030

다리에 쥐가 났어요.
da ri e jwi ga na seo yo
我腳抽筋了。

지나가던 개도 웃겠다.
ji na ga deon gae do ut get da
太可笑了。（字義：路過的狗也會笑）

그의 코는 높아요.
geu ui ko neun no pa yo
他的鼻子很挺。

그는 콧대가 높다.
geu neun kot dae ga nop da
他很高傲，傲慢。（字義：他的鼻樑很高。）

도도하다.
do do ha da
很高傲。

머리가 나쁘다.
meo ri ga na ppeu da
頭腦不好。

코피 난다.
ko pi nan da
流鼻血。

키가 큰 편이다.
ki ga keun pyeon i da
個子屬於比較高的那邊。

왜 그렇게 헐떡 거리니?
wae geu reo ke heol tteok geo ri ni
為什麼這麼氣喘吁吁的？

테니스를 했더니 숨차다.
te ni seu reul haet deo ni sum cha da
剛剛打網球，很喘。

한 숨 쉬세요.
han sum swi se yo
休息喘氣一下。

숨 쉴 수 없어요.
sum swil su eop seo yo
無法呼吸。／喘不過氣。

팔꿈치가 아파요.
pal kkum chi ga a pa yo
手肘痛。

추워서 손이 텄다.
chu woe seo so ni teot da
太冷手都乾裂了。

주름이 있어요.
ju reu mi i seo yo
有皺紋。

여기가 아파요.
yeo gi ga a pa yo
這裡痛。

황당하다.
hwang dang ha da
荒唐。

당황스럽군요.
dang hwang seu reop gun nyo
好令人驚慌／好錯愕。

그녀가 달려 왔어요.
geu nyeo ga dal lyeo wa seo yo
她跑過來。

그는 달아나 버렸어요.
geu neun da ra na beo ryeo seo yo
他跑掉了。

그는 집으로 달려 갔어요.
geu neun ji beu ro dal lyeo ga seo yo
他跑回家了。

그 개는 달아났어요.
geu gae neun da ra na seo yo
狗逃走了。

고양이가 의자에서 뛰어내려 왔다.
go yang i ga ui ja e seo ttwi eo nae ryeo watda
貓從椅子上跳下來。

너 저 문 뛰어넘을 수 있겠니?
neo jeo mun ttwi eo neo meul su it get ni
你能跳過那個門嗎?

아까 계단을 올라 갔어요.
a kka gye da neul rol la ga seo yo
剛才爬上樓梯了。

아까 계단을 내려 갔어요.
a kka gye da neul lae ryeo ga seo yo
剛才下樓了。

그 아이들은 기어 가고 있다.
geu a i deu reun gi eo ga go it da
那嬰孩正在爬。

새가 날아 갔어요.
sae ga na ra ga seo yo
鳥飛走了。

第三篇
吃飯逛街看表演

Track 034

시간이 있어요?
si ga ni i seo yo
有空嗎？

한 잔 하시겠습니까?
han jan ha si get seum ni kka
要喝一杯嗎？

식사하러 갑시다.
sik sa ha reo gap si da
我們去吃飯吧。

제가 한 턱 내겠습니다.
je ga han teok nae get seum ni da
我請客。

배고파요.
bae go pa yo
肚子餓。

배불러요.
bae bul leo yo
好飽。

메뉴판 좀 가져다 주세요.
me nu pan jom ga jyeo da ju se yo
請給我菜單。

지금 주문해도 되나요?
ji geum ju mun hae do doe na yo
現在可以點餐了嗎？

어떤 것이 안 매워요?
eo tteon geo si an mae woe yo
什麼是不辣的？

안 맵게 해주시면 도 돼요?
an maep ge hae ju si myeon do dwae yo
可以做成不辣的嗎？

안 맵게 만들어 주세요.
an maep ge man deu reo ju se yo
請做成不辣的。

조금만 맵게 만들어 주세요.
jo geum man maep ge man deu reo ju se yo
請做成小辣的。

저는 매운걸 먹을 수 없어요.
jeo neun mae un geol meo geul su eop seo yo
我不能吃辣的。

많이 드세요.
ma sit ge deu se yo
多吃一點。

계란을 어떻게 해드릴까요？
gye ra neul eo tteo ke hae deu ril kka yo
請問蛋要幫你煮怎麼樣的？

계란을 반숙으로 해주세요.
gye ra neul ban su geu ro hae ju se yo
蛋請煎一面熟。

계란 양쪽을 다 익혀 주세요.
gye ran yang jjo geul da i kyeo ju se yo
蛋請煎兩面熟。

계란을 삶아주세요.
gye ra neul sal ma ju se yo
請用水煮蛋。

계란을 물에 살짝 익혀 주세요.
gye ra neul mu re sal jjak i kyeo ju se y
請用水煮半熟。

계란을 휘저어 익혀 주세요.
gye ra neul hwi jeo eo i kyeo ju se yo
請做成炒蛋。

아침 식사로 뭘 드시겠어요？
a chim sik sa ro mwol deu si ge seo yo
您早餐要吃什麼？

한국 요리할 줄 아세요？
han guk yo ri hal jul ra se yo
你會做韓國料理嗎？

냄새가 고약하군.
naem sae ga go yak ha gun
味道真香。

국이 끓어 넘쳐요！
gu gi kkeu reo neom chyeo yo
湯滾過頭了。

왜 안 드세요？
wae an deu se yo
你怎麼不吃？

차 한 잔 드릴까요？
cha han jan deu ril kka yo
要幫您倒一杯茶嗎？

식당 안에 손님이 별로 없어요.
sik dang a ne son ni mi byeol lo eop seo yo
餐廳裡沒什麼客人。

그는 나타나지 않았다.
geu neun na ta na ji a nat da
他沒有出現。

그는 오지 않았어요.
geu neun o ji a na seo yo
他沒有來。

어떻게 그렇게 값비싼 목걸이를 살 수 있어요 ?
eo tteo ke geu reo ke gap bi ssan mok geo ri reul sal su i seo yo
你怎麼買得下這麼貴的項鍊？

배고파서 죽겠어요.
bae go pa seo juk geseo yo
我快餓死了。

먼저 드세요.
meon jeo deu se yo
您請先吃。

로비에서 만납시다.
ro bi e seo man nap si da
我們約在大廳見面吧。

먼저 가십시오.
meon jeo ga sip si o
請先走。

엘리베이터를 타세요.
el li be i teo reul ta se yo
請搭電梯。

Track 039

다시 만나서 기뻐요.
da si man na seo gi ppeo yo
能再次見到你很高興。

다시 만나서 좋아요.
da si man na seo jo a yo
能再次見到你真好。

차 한 잔 주세요.
cha han jan ju se yo
請給我一杯茶。

물 더 주세요.
mul deo ju se yo
請再給我一些水。

잠시 쉬면서 나랑 커피 한 잔 합시다.
jam si swi myeon seo na rang keo pi han jan hap si da
我們休息一下喝杯咖啡吧。

우유 마시고 싶어요.
u you ma si go si peo yo
我想喝牛奶。

흡연하지 마십시오.
heu byeon ha ji ma sip si o
請不要吸菸。

할인은 없습니까?
hal i neun eop seum ni kka
沒有折扣嗎？

마실 것을 주문하고 싶습니다.
ma sil geo seul ju mun ha go sip seum ni da
我想點飲料。

인삼차 부탁합니다.
in sam cha bu tak ham ni da
請給我人蔘茶。

커피 아님 홍차?
keo pi a nim hong cha
您要咖啡或紅茶？

홍차로 할게요, 고마워요.
hong cha ro hal ge yo go ma woeyo
紅茶，謝謝。

닳아요.
da ra yo
好甜。

짜요.
jja yo
好鹹。

써요.
sseo yo
好苦。

매워요.
mae woe yo
好辣。

뜨거워요.
tteu geo woe yo
好燙喔。

뜨겁다.
tteu geop da
好燙。

차가워요.
cha ga woe yo
好冰喔。

차갑다.
cha gap da
好冰。

추워요.
chu woe yo
好冷。

Track 042

더워요.

deo woe yo

好熱。

이것은 아주 신선한 것은 아닙니다.

i geo seun a ju sin seon han geo seun a nim ni da

這個不太新鮮。

이것은 충분히 깨끗하지 않습니다.

i geo seun chung bun hi kkae kkeut ta ji an sseum ni da

這個不太乾淨。

이것 하나주세요.

i geot ha na ju se yo

我要一個這個。

계산해주세요.

gye san hae ju se yo

請結帳。

제가 내겠습니다.

je ga nae get seum ni da

我來付。

계산이 잘못된 것 같습니다.

gye san i jal mot doen geot gat seum ni da

好像算錯了。

그것을 보고 싶습니다.
geu geo seul bo go sip seum ni da
我想看那個。

이것으로 하겠습니다.
i geo seu ro ha get seum ni da
我要買這個。

선물이에요.
seon mu ri e yo
這是禮物。

포장해 주시겠습니까？
po jang hae ju si get seum ni kka
可以幫我包裝嗎？

선물 포장을 할 수 있습니까？
seon mul po jang eul hal su it seum ni kka
可以幫我包裝成禮物嗎？

포장박스를 얻을 수 있습니까？
po jang bak seu reul eo deul su it seum ni kka
可以給我包裝的盒子嗎？

포장박스에 넣어 주실 수 있습니까？
po jang bak seu e neo eo ju sil su it seum ni kka
可以幫我放在包裝盒裡嗎？

깎아주세요.
kka kka ju se yo
算我便宜一點。

할인해 주세요.
ha rin hae ju se yo
給我打個折嘛。

좀 싸게 해주세요.
jom ssa ge hae ju se yo
算我便宜一點嘛。

맛있게 드세요.
ma sit ge deu se yo
請好好享用。

이 음식 이름이 뭐예요？
i eum sik i reu mi mwo ye yo
這個食物的名稱是什麼？

맛이 이상해요.
ma si i sang hae yo
味道怪怪的。

소고기가 좀 질깃하다.
so go gi ga jom jil gi ta da
牛肉有點硬。

질깁니다.
jil gim ni da
肉太硬了。

밥이 너무 질게 되었다.
babi neo mu jil ge doe eot da.
飯太黏了。

추천 하세요.
chu cheon ha se yo
請推薦。

친구와 약속이 있어요.
chin gu wa yak so gi i seo yo
我跟朋友有約。

언제까지 유효합니까?
eon je kka ji you hyo ham ni kka
這個有效期限是哪一天？

유효기간이 지났다.
you hyo gi gan i ji nat da
過期了。／有效期限過了。

그 쿠폰은8월 1일부터 30일간 유효합니다.
geu ku po neun pal wol il il bu teo sam sip il gan yu hyo
ham ni da
那個優惠卷是8月1日到30日。

노트북 컴퓨터를 사고 싶어요.
no teu book keom pyu teo reul sa go si peo yo
我想買筆記型電腦。

카드로 지불해도 돼요 ?
ka deu ro ji bul hae do dwae yo
可以用信用卡支付嗎？

할부로 할 수 있겠습니까 ?
hal bu ro hal su it get seum ni kka
可以分期付款嗎？

현금이 부족해요.
hyeon geu mi bu jo kae yo
我現金不夠。

배달 해줍니까 ?
bae dal hae jum ni kka
你們有提供宅配嗎？

이것은 얼마입니까 ?
i geo seun eol ma im ni kka
這個多少？

무료입니다.
mu ryo im ni da
免費。

소금과 검은 후추를 첨가하세요.
so geum gwa geo meun hu chu reul cheom ga ha se yo
請加一些鹽和胡椒。

소금 적당히 넣어주세요.
so geum jeok dang hi neo eo ju se yo
鹽放適量。

소금 좀 건네 줄래 ?
so geum jom geon ne jul lae
可以幫我遞鹽罐嗎？

주문하고 싶어요.
ju mun ha go si peo yo
我想點餐。

그 옷을 살까 생각 중이야.
geu o seul sal kka saeng gak jung i ya
我正在思考要不要買那件衣服。

반환기한이 지났다.
ban hwan gi han i ji nat da
已經過了退貨期限了。

수리하는데 얼마나 걸립니까 ?
su ri ha neun de eol ma na geol lim ni kka
修理的話要多少錢？

돈을 갖고 있지 않습니다.

do neul gat go it ji an sseum ni da

我沒帶錢。

수리를 보증합니까?

su ri reul bo jeung ham ni kka

有維修保證嗎？

이것을 입어보고 싶습니다.

i geo seul i beo bo go sip seum ni da

我想試穿這件。

너무 어두워요.

neo mu eo du woe yo

太暗了。

이 드레스들 중 하나를 사고 싶습니다.

i deu re seu deul jung ha na reul sa go sip seum ni da

我想買這些洋裝其中一件。

이것은 100% 실크입니다.

i geo seun baek peu ro sil keu im ni da

這是100%絲的。

면으로 된 상의를 보고 싶습니다.

myeon eu ro doen sang ui reul bo go sip seum ni da

我想找棉質的上衣。

Track 049

잠옷 있습니까?

jam ot it seum ni kka

請問有睡衣嗎？

이 바지들과 어울리는 재킷 있습니까?

i ba ji deul gwa eo wool ri neun jae kit it seum ni kka

請問有跟這件褲子搭的夾克嗎？

맞춤정장으로 하고 싶습니다.

mat chum jeong jang eu ro ha go sip seum ni da

我想訂做套裝。

치수를 재주실 수 있습니까?

chi su reul jae ju sil su it seum ni kka

可以幫我量尺寸嗎？

여기가 너무 꽉 낍니다.

yeo gi ga neo mu kkwak kkim ni da

這邊太緊了。

고칠 수 있습니까?

go chil su it seum ni kka

可以修改嗎？

다음주 금요일 전에 마무리 될 수 있습니까?

da eum ju geum nyo il jeo ne ma mu ri doel su it seum ni kka

下星期五之前可以完成嗎？

넥타이 보여주실 수 있습니까?
nek ta i bo yeo ju sil su it seum ni kka
可以讓我看一下領帶嗎？

너무 화려한 것 같습니다.
neo mu hwa ryeo han geot gat seum ni da
似乎有點華麗。

저는 더 단순한 스타일을 원합니다.
jeo neun deo dan sun han seu ta i reul won ham ni da
我想要簡單一點的樣式。

조금 평범해요.
jo geum pyeong beom hae yo
有一點普通。

다른 색 있습니까?
da reun saek it seum ni kka
有別的顏色嗎？

가죽지갑을 원합니다.
ga juk ji ga beul won ham ni da
我想找皮夾。

이것은 진짜 가죽입니까?
i geo seun jin jja ga ju gim ni kka
這是真皮嗎？

Track 051

이 안경을 써보고 싶습니다.
i an gyeong eul sseo bo go sip seum ni da
我想試戴這個眼鏡。

이 안경은 도수가 너무 낮습니다.
i an gyeong eun do su ga neo mu nat seum ni da
這個眼鏡度數太淺了。

다른 것을 보여주십시오.
da reun geo seul bo yeo ju sip si o
請給我看別的。

어떤 재료로 만든 것입니까?
eo tteon jae ryo ro man deun geo sim ni kka
這是用什麼材質做的？

카메라를 보고 싶습니다.
ka me ra reul bo go sip seum ni da
我想看相機。

사진을 더 뽑고 싶습니다.
sa ji neul deo ppop go sip seum ni da
我想加洗照片。

각각 세 장씩 뽑고 싶습니다.
gak gak se jang ssik ppop go sip seum ni da
我想要各洗3張（照片）。

이 사진들을 확대 하고 싶습니다.
i sa jin deu reul hwak dae ha go sip seum ni da
我想放大這些照片。

그것을 어떻게 작동시키는지 보여 주시겠습니까 ?
geu geo seul eo tteo ke jak dong si ki neun ji bo yeo ju si get seum ni kka
可以示範如何操作這個嗎？

이 주소로 구입물품을 발송해 주시겠습니까 ?
i ju so ro gu ip mul pu meul bal song hae ju si get seum ni kka
請問可以送貨到這個地址嗎？

얼마나 많은 초콜릿을 사고 싶어요 ?
eol ma na ma neun cho kol lit eul sa go si peo yo
你想買多少巧克力？

이 안에 무엇이 들어 있습니까 ?
i a ne mu eo si deu reo it seum ni kka
這裡面有什麼？

이것을 가져갈 수 있습니까 ?
i geo seul ga jyeo gal su it seum ni kka
這個可以帶走嗎？

구경해도 괜찮겠습니까 ?
gu gyeong hae do gwaen chan ket seum ni kka
我可以參觀一下嗎？

여자친구에게 무엇을 주면 좋을까?
yeo ja chin gu e ge mu eo seul ju myeon jo eul kka
要買什麼給女朋友比較好呢？

이것은 크리스털입니까?
i geo seun keu ri seu teol im ni kka
這是水晶嗎？

패션잡지를 찾고 있어요.
pae syeon jap ji reul chat go i seo yo
我在找流行雜誌。

베스트셀러 좀 추천해주세요.
be seu teu sel leo jom chu cheon hae ju se yo
請推薦最暢銷的給我。

그것을 다시 발행 받을 수 있습니까?
geu geo seul da si bal haeng ba deul su it seum ni kka
這個會再版嗎？

7살 아동이 볼 수 있는 그림책을 원합니다.
il gop sal a dong i bol su it neun geu rim chae geul won ham ni da
我想買七歲兒童看的童話書。

영어로 된 재미있는 책 있습니까?
yeong eo ro doen jae mi it neun chaek it seum ni kka
這邊有英文的有趣的書嗎？

소설을 원합니까?
so seo reul won ham ni kka
您想要小說嗎？

동화책을 찾고 있어요.
dong hwa chae geul chat go i seo yo
我在找童話書。

어린이를 위한 재미있는 게임이 있습니까?
eo rin i reul wi han jae mi it neun ge i mi it seum ni kka
有給小朋友玩的遊戲嗎？

인형이 있습니까?
in hyeong i it seum ni kka
有洋娃娃嗎？

이 포도들은 닮아요?
i po do deu reun da ra yo
這葡萄甜嗎？

도자기 전시회가 보고 싶어요?
do ja gi jeon si hoe ga bo go si peo yo
你想看陶瓷展覽嗎？

제 시계는 조정해야 합니다.
je si gye neun jo jeong hae ya ham ni da
我的手錶需要調整。

Track 055

금 목걸이를 보고 싶습니다.
geum mok geo ri reul bo go sip seum ni da
我想看金項鍊。

여성용 반지를 보고 싶습니다.
yeo seong yong ban ji reul bo go sip seum ni da
我想看女生的戒指。

저는 18캐럿 금으로 된 것을 선호합니다.
jeo neun sip pal kae reot geu meu ro doen geo seul seon ho ham ni da
我比較喜歡18K金。

제 시계의 전지를 교체해주실 수 있으십니까？
je si gye ui jeon ji reul gyo che hae ju sil su i seu sim ni kka
可以幫我換手錶的電池嗎？

손목시계를 볼 수 있습니까？
son mok si gye reul bol su it seum ni kka
我可以看一下手錶嗎？

방수 입니까？
bang su im ni kka
這有防水嗎？

어디서 계산합니까？
eo di seo gye san ham ni kka
要在哪裡結帳？

Track 056

이것은 제가 지불할 수 있는 가격 이상입니다.
i geo seun je ga ji bul hal su it neun ga gyeok i sang im ni da
這超過我的預算。

20000원으로 계산해 주시면 안될까요？
i man won eu ro gye san hae ju si myeon an doel kka yo
可以算我20000元嗎？

가격이 적당하지 않습니다.
ga gyeo gi jeok dang ha ji an sseum ni da
這價格不合理。

가격이 너무 비쌉니다.
ga gyeo gi neo mu bi ssam ni da
價格太貴了。

거스름돈을 잘못 주었습니다.
geo seu reum do neul jal mot ju eot seum ni da
零錢找錯了。

영수증을 주실 수 있습니까？
yeong su jeung eul ju sil su it seum ni kka
可以給我收據嗎？

나는 이미 지불했습니다.
na neun i mi ji bul haet seum ni da
我已經付了。

Track 057

영수증 여기 있습니다.
yeong su jeung yeo gi it seum ni da
收據在這裡。

이것은 고장 났습니다.
i geo seun go jang nat seum ni da
這個故障了。

나는 가고 싶지 않다.
na neun ga go sip ji an ta
我不想走／去。

가고 싶어요.
ga go si peo yo
我想走／去。

몇 시에 시작합니까 ?
myeot si e si ja kam ni kka
幾點開始？

영화의 제목이 무엇입니까 ?
yeong hwa ui je mo gi mu eo sim ni kka
電影的主題是什麼？

슬픈 영화 보고 싶지 않아요.
seul peun yeong hwa bo go sip ji an a yo
我不想看悲傷的電影。

Track 058

언제 영화를 상영합니까 ?
eon je yeong hwa reul sang yeong ham ni kka
什麼時候電影會上映？

영화는 몇 시에 시작합니까 ?
yeong hwa neun myeot si e si ja kam ni kka
電影幾點開始？

오늘밤에 영화 보러 갑시다.
o neul ba me yeong hwa bo reo gap si da
今晚我們去看電影吧。

영화는 언제 시작합니까 ?
yeong hwa neun eon je si jak ham ni kka
電影何時開始？

제 좌석으로 데려다 주시겠습니까 ?
je jwa seo geu ro de ryeo da ju si get seum ni kka
可以帶我到我的座位嗎？

쇼는 몇 시에 끝납니까 ?
syo neun myeot si e kkeut nam ni kka
秀幾點結束？

TV에서 좋은 영화를 합니까 ?
TV e seo jo eun yeong hwa reul ham ni kka
電視有播不錯的電影嗎？

어떤 프로그램이 가장 유익합니까?
eo tteon peu ro geu rae mi ga jang you i kam ni kka
哪一個節目最有益處？

여기서 사진 찍어도 괜찮습니까?
yeo gi seo sa jin jji geo do gwaen chan sseum ni kka
我可以在這裡照相嗎？

그 분은 키가 크고 날씬해요.
geu bu neun ki ga keu go nal ssin hae yo
他高高瘦瘦的。

그녀는 키가 크고, 긴 머리를 하고 있어요.
geu nyeo neun ki ga keu go gin meo ri reul ha go i seo yo
她高高的，頭髮長長的。

샴푸하고 싶습니다.
syam pu ha go sip seum ni da
我想洗頭髮。

이발과 면도 부탁 드립니다.
i bal gwa myeon do bu tak deu rim ni da
我要理髮和刮鬍子。

너무 짧지 않게 해주십시오.
neo mu jjal ji an ke hae ju sip si o
請不要剪太短。

머리염색을 하고 싶습니다.

meo ri yeom sae geul ha go sip seum ni da

我想染髮。

오른쪽으로 가르마 해주시겠습니까?

o reun jjo geu ro ga reu ma hae ju si get seum ni kka

要幫您從右邊分邊嗎？

가르마를 왼쪽으로 타다.

ga reu ma reul oen jjo geu ro ta da

頭髮分線分左邊。

머리를 뒤로 넘겨주시겠습니까?

meo ri reul dwi ro neom gyeo ju si get seum ni kka

可以幫我把頭髮往後梳嗎？

손톱을 꾸미고 싶습니다.

son to beul kku mi go sip seum ni da

我想做指甲彩繪。

매니큐어 칠하고 싶습니다.

mae ni kyu eo chil ha go sip seum ni da

我想擦指甲油。

쉴 곳이 있습니까?

swil go si it seum ni kka

有可以休息的地方嗎？

어깨를 마사지하고 싶습니다.
eo kkae reul ma sa ji ha go sip seum ni da
我想做肩膀按摩。

오늘밤 무엇을 하고 싶어요?
o neul bam mu eo seul ha go si peo yo
今晚你想做什麼?

콘서트 보러 가는 거 어때?
corn seo teu bo reo ga neun geo eo ttae
我們去看演唱會如何?

우리는 언제 어디서 만날까요?
u ri neun eon je eo di seo man nal kka yo
我們幾點在哪見呢?

콘서트는 언제 시작합니까?
corn seo teu neun eon je si ja kam ni kka
演唱會幾點開始?

어떤 맛의 아이스크림을 좋아하니?
eo tteon ma sui a i seu keu ri meul jo a ha ni
你喜歡什麼口味的冰淇淋?

John 을 위해서 건배!
John eul wi hae seo geon bae
為了John乾杯!

원샷！
won syat
一口氣喝光！乾杯！

계산은 누가할래？
gye sa neun nu ga hal lae
誰要買單？

가격을 좀 깎아주실 수 있습니까？
ga gyeo geul jom kka kka ju sil su it seum ni kka
價格可以再更便宜一點嗎？

너무 비싸.
neo mu bi ssa
太貴。

내가 낼게.
nae ga nael ge
我來付。

내가 살게.
nae ga sal ge
我來買單。／我要買。

너무 비싼데요！
neo mu bi ssan de yo
太貴了唷！

Track 063

꽤 비싸겠는데.
kkwae bi ssa get neun de
應該會蠻貴的唷。

한 시간 동안 운동했어요.
han si gan dong an un dong hae seo yo
我運動了一個小時。

어제 축구경기를 봤어요.
eo je chuk gu gyeong gi reul bwa seo yo
我昨天看了足球賽。

재미있지 않아 ?
jae mi it ji a na
不有趣嗎？

재미있을 것 같지않아 ?
jae mi i seul geot gat ji a na
你覺得可能會不有趣嗎？

맛이 좀 이상해.
ma si jom i sang hae
味道有點怪。

참 맛있어 보여요.
cham ma si seo bo yeo yo
看起來好好吃的樣子。

맛있게 먹었어요.
ma sit ge meo geo seo yo
我吃得很高興。

맛있게 드세요.
ma sit ge deu se yo
請慢慢享用。

물고기 좋아요？
mul go gi jo a yo
你喜歡吃魚嗎？

오징어 회 먹어요？
o jing eo hoe meo geo yo
你敢吃生章魚嗎？

먹어 봤어요？
meo geo bwa seo yo
有吃過嗎？

이 근처에 간이식당이 있는지 혹시 아십니까？
i geun cheo e gan i sik dang i it neun ji hok si a sim ni kka
這附近有沒有小吃店？

뭘 좀 간단히 먹자.
mwol jom gan dan hi meok ja
我們吃點什麼吧。

배달시켜먹자.
bae dal si kyeo meok ja
叫外送來吃吧。

시간 참 빠르게 갔어요.
si gan cham ppa reu ge ga seo yo
時間真的過得好快。

시간이 다됐습니다.
si ga ni da dwaet seum ni da
時間到了。

정말 싸구나!
jeong mal ssa gu na
真是便宜啊！

잘 어울려요.
jal eo ul lyeo yo
好適合你喔。

촌스러운데요.
chon seu reo un de yo
好俗喔。

커피를 마시면 잠을 못 잡니다.
keo pi reul ma si myeon ja meul mot jam ni da
我如果喝咖啡就會睡不著。

언제 먹죠?
eon je meok jyo
何時吃呢？

얼마입니까?
eol ma im ni kka
多少？

제 이름은 정용화 입니다.
je i reu meun jeong yong hwa im ni da
我的名字是鄭容和。

8시에 4 명 자리를 예약했는데요.
yeo deol si e ne myeong ja ri reul ye ya kaet neun de yo
我預約了8點4個人的位置。

실례합니다, 웨이터.
sil lye ham ni da we i teo
不好意思，服務生。

메뉴를 보여주십시오.
me nu reul bo yeo ju sip si o
請給我菜單。

주문 받으세요.
ju mun ba deu se yo
我要點菜。

Track 067

지금 주문해도 될까요?
ji geum ju mun hae do doel kka yo
我現在可以點餐嗎？

오늘은 무엇이 맛있습니까?
o neu reun mu eo si ma sit seum ni kka
今天什麼比較好吃？

어떤 요리가 있습니까?
eo tteon yo ri ga it seum ni kka
有什麼料理？

전부 맛있게 보이는군요.
jeon bu ma sit ge bo i neun gun nyo
全部都看起來很好吃。

권할만한 것이 무엇입니까?
gwon hal man han geo si mu eo sip ni kka
這家店的招牌料理是什麼？

이 집의 특별요리는 무엇입니까?
i ji bui teuk byeol yo ri neun mu eo sip ni kka
這家店的特別料理是什麼？

이것은 어떤 요리입니까?
i geo seun eo tteon yo ri im ni kka
這是什麼料理？

오늘은 어떤 특별요리가 있습니까?
o neu reun eo tteon teuk byeol yo ri ga it seup ni kka
今天有什麼特別的餐點嗎？

마실 것은 무엇이 있습니까?
ma sil geo seun mu eo si it seum ni kka
飲料有那些呢？

후식에는 어떤 것이 있습니까?
hu si ge neun eo tteon geo si it seum ni kka
餐後甜點有那些呢？

이것을 주십시오.
i geo seul ju sip si o
請給我這個。

같은 것으로 부탁합니다.
ga teun geo seu ro bu ta kam ni da
請給我一樣的。

스테이크를 먹겠습니다.
seu te i keu reul meok get seum ni da
我要吃牛排。

생선요리가 좋겠습니다.
saeng seon yo ri ga jo ket seum ni da
我要海鮮料理。

글쎄요.
geul sse yo
這個嘛…

굉장히 맛있게 보입니다.
goeng jang hi ma sit ge bo im ni da
看起來相當的好吃。

그것을 먹어볼까요？
geu geo seul meo geo bol kka yo
你想吃吃看那個嗎？

좋아요.
jo a yo
好。

그럼, 그것으로 합시다.
geu reom geu geo seu ro hap si da
那麼，我點那個。

스테이크는 어떻게 해드릴까요？
seu te i keu neun eo tteo ke hae deu ril kka yo
牛排要幾分熟？

살짝 익혀주세요.
sal jjak i kyeo ju se yo
請做成三分熟。

중간으로 익혀주세요.
jung gan eu ro i khyeo ju se yo
五分熟。

반쯤 익혀주세요.
ban jjeum i kyeo ju se yo
請做成五分熟。

반쯤 덜 익혀주세요.
ban jjeum deol i kyeo ju se yo
請做成七分熟。

완전히 익혀주세요.
wan jeon hi i kyeo ju se yo
請做成全熟。

휴지 좀 주시겠습니까?
hyu ji jom ju si get seum ni kka
可以給我一些面紙嗎？

물을 좀 주시겠습니까?
mu reul jom ju si get seum ni kka
可以給我一點水嗎？

음료수를 부탁합니다.
eum ryo su reul bu ta kam ni da
請給我飲料。

서비스로 드리는 거에요.
seo bi seu ro deu ri neun geo e yo
這是免費送的。

서비스입니다.
seo bi seu im ni da
這是免費的。

물 좀 주시겠습니까？
mul jom ju si get seum ni kka
可以給我一點水嗎？

다 마셨어요？
da ma syeo seo yo
都喝完了嗎？

맛있다.
ma sit da
好吃。

주스를 주시겠습니까？
ju seu reul ju si get seum ni kka
可以給我果汁嗎？

시원해요.
si won hae yo
好舒服。／好涼。

정말 즐거웠습니다.
jeong mal jeul geo wot seum ni da
我真的玩得很高興。

맛있게 드시고 계십니까?
ma sit ge deu si go gye sim ni kka
吃得好嗎？

맛있게 먹고 있어요.
ma sit ge meok go i seo yo
吃得很開心。（現在進行）

맛있게 먹었어요.
ma sit ge meo geo seo yo
吃得很開心。（過去式）

맛있겠다！
ma sit get da
看起來好好吃！

맛있군요！
ma sit gun nyo
好好吃唷！

뭘 드릴까요？
mwol deu ril kka yo
請問要點什麼？

맥주를 드릴까요 ?
maek ju reul deu ril kka yo
要來點啤酒嗎？

레몬주스를 부탁합니다.
re mon ju seu reul bu tak ham ni da
請給我檸檬汁。

차로 세 잔 주십시오.
cha ro se jan ju sip si o
請給我三杯茶。

물을 부탁합니다.
mu reul bu ta kam ni da
請給我水。

저녁 식사 후에 홍차를 마시겠습니다.
jeo nyeok sik sa hu e hong cha reul ma si get seum ni da
晚餐後我要喝紅茶。

크림 과 설탕을 넣어주십시오.
keu rim gwa seol tang eul neo eo ju sip si o
請放奶精和砂糖。

생크림만 넣어주십시오.
saeng keu rim man neo eo ju sip si o
請放鮮奶油就好。

블랙으로 주십시오.
beul lae geu ro ju sip si o
請給我純的（茶或咖啡）。

레몬 한 조각을 넣은 차 한잔 주십시오.
re mon han jo ga geul neo eun cha han jan ju sip si o
請給我放一片檸檬的茶一杯。

이 요리를 가져갈 수 있습니까？
i yo ri reul ga jyeo gal su it seum ni kka
這道菜我可以外帶嗎？

남은 요리를 봉지에 넣어주시겠습니까？
na meun yo ri reul bong ji e neo eo ju si get seum ni kka
剩下的菜可以幫我包起來嗎？

계산을 부탁합니다.
gye sa neul bu ta kam ni da
請幫我們結帳。

계산이 틀리지 않았습니까？
gye san i teul li ji a nat seum ni kka
沒有算錯嗎？

이 신용카드로 계산할 수 있습니까？
i sin yong ka deu ro gye san hal su it seum ni kka
可以用這張信用卡付嗎？

여행자 수표 도 괜찮습니까 ?
yeo haeng ja su pyo do gwaen chan sseum ni kka
可以用旅行支票嗎？

뭘 도와드릴까요 ?
mwol do wa deu ril kka yo
需要幫忙嗎？

신사복 매장은 어디입니까 ?
sin sa bok mae jang eun eo di im ni kka
男裝賣場在哪裡？

모자는 어디에서 팝니까 ?
mo ja neun eo di e seo pam ni kka
帽子在哪裡有賣？

언어 서적코너는 어디입니까 ?
eon eo seo jeok ko neo neun eo di im ni kka
語言書在哪一區？

병따개는 어디에서 살 수 있습니까 ?
byeong tta gae neun eo di e seo sal su it seum ni kka
在哪裡可以買到開瓶器？

베네통의 가방 있습니까 ?
be ne tong ui ga bang it seum ni kka
有班尼頓的包包嗎？

이것 과 같은 물건이 있습니까？
i geot gwa ga teun mul geo ni it seum ni kka
有和這個一樣的嗎？

액세서리 종류에는 어떤 것들이 있습니까？
aek se seo ri jong ryu e neun eo tteon geot deu ri it seum ni kka
配件類有哪些？

선글라스를 좀 보고 싶습니다.
seon geul la seu reul jom bo go sip seum ni da
我想看太陽眼鏡。

그게 좋군요.
geu ge jo kun nyo
那很好。

저에게 그것을 보여주시겠습니까？
jeo e ge geu geo seul bo yeo ju si get seum ni kka
可以給我看那個嗎？

울 스웨터를 보여주십시오.
wool seu we teo reul bo yeo ju sip si o
請給我看羊毛毛衣。

단지 구경만 하는 겁니다.
dan ji gu gyeong man ha neun geom ni da
我只是逛逛。

파란색을 찾고 있습니다.
pa ran sae geul chat go it seum ni da
我要找藍色的。

하얀색 쪽이 더 나은데요.
ha yan saek jjo gi deo na eun de yo
白色比較好。

이것으로 보라색이 있습니까?
i geo seu ro bo ra sae gi it seum ni kka
這個有紫色的嗎？

노란색은 있습니까?
no ran sae geun it seum ni kka
有黃色的嗎？

군청색으로 보여 주시겠습니까?
gun cheong sae geu ro bo yeo ju si get seum ni kka
有海軍藍的嗎？

다른 색으로 보여주시겠습니까?
da reun sae geu ro bo yeo ju si get seum ni kka
可以給我看別的顏色嗎？

다른 색은 있습니까?
da reun sae geun it seum ni kka
有別的顏色嗎？

좀 수수한 색깔은 없습니까 ?
jom su su han saek kka reun eop seum ni kka
有沒有更素雅的顏色？

다른 디자인을 보여주시겠습니까 ?
da reun di ja i neul bo yeo ju si get seum ni kka
可以給我看別的款式嗎？

이 재킷으로 조금 더 작은 치수는 없습니까 ?
i jae ki seu ro jo geum deo ja geun chi su neun eop seum ni kka
這件夾克有小一號尺寸的嗎？

조금 더 작은 것을 원합니다.
jo geum deo ja geun geo seul won ham ni da
我想要小一點的。

제 치수를 잘 모르겠으니 치수를 재주시겠습니까 ?
je chi su reul jal mo reu ge seu ni chi su reul jae ju si get seum ni kka
我不知道我的尺寸，可以幫我量尺寸嗎？

이 옷은 나에게 맞지 않습니다.
i o seun na e ge mat ji an sseum ni da
這件衣服不適合我。

조금 큰 것 같습니다.
jo geum keun geot gat seum ni da
有像有點大。

너무 큽니다.
neo mu keum ni da
太大了。

너무 헐렁합니다.
neo mu heol leong ham ni da
太寬鬆了。

너무 작습니다.
neo mu jak seum ni da
太小了。

너무 꽉 낍니다.
neo mu kkwak kkim ni da
太緊了。

길이를 맞춰 주시겠습니까?
gi ri reul mat chwo ju si get seum ni kka
可以幫我量長度嗎？

조금만 짧게 해주십시오.
jo geum man jjal ge hae ju sip si o
請幫我裁短一點。

좀 더 질이 좋은 것이 있습니까?
jom deo ji ri jo eun geo si it seum ni kka
有沒有質料更好的？

좀 더 질이 좋은 것을 보여주시겠습니까?

jom deo ji ri jo eun geo seul bo yeo ju si get seum ni kka

可以給我看質料好一點的嗎？

이것은 오래 입을 수 있습니까?

i geo seun o rae i beul su it seum ni kka

這個耐穿嗎？

이 가방은 튼튼합니까?

i ga bang eun teun teun ham ni kka

這個包包堅固嗎？

어느 것이 튼튼합니까?

eo neu geo si teun teun ham ni kka

哪一種比較堅固？

이것은 줄어들지 않습니까?

i geo seun ju reo deul ji an sseum ni kka

這不會縮水嗎？

이것은 줄어듭니까?

i geo seun ju reo deum ni kka

這會縮水嗎？

신축성이 좋은가요?

sin chuk seong i jo eun ga yo

伸縮性好嗎？

질이 꽤 좋은 것 같습니다.
ji ri kkwae jo eun geot gat seum ni da
這個質料好像很好。

그것은 무엇으로 만들어졌습니까？
geu geo seun mu eo seu ro man deu reo jyeot seum ni kka
那個是用什麼做的？

이것 의 재료는 무엇입니까？
i geot ui jae ryo neun mu eot sim ni kka
這個的材質是什麼？

가죽재킷을 볼 수 있을까요？
ga juk jae ki seul bol su i seul kka yo
我可以看皮外套嗎？

무슨 가죽입니까？
mu seun ga ju gim ni kka
這是什麼皮革？

면옷이 있습니까？
myeon o si it seum ni kka
有棉質的衣服嗎？

울 소재의 상의는 있습니까？
wool so jae ui sang ui neun it seum ni kka
有羊毛料的上衣嗎？

금으로 된 귀걸이가 있습니까 ?
geum eu ro doen gwi geo ri ga it seum ni kka
有金的耳環嗎？

이 반지는 금으로 만들어진 것입니까 ?
i ban ji neun geu meu ro man deu reo jin geo sim ni kka
這個戒指是金子做的嗎？

이 구두를 신어보고 싶습니다.
i gu du reul si neo bo go sip seum ni da
我想試穿這雙皮鞋。

조금 더 큰 것이 있습니까 ?
jo geum deo keun geo si it seum ni kka
有再大一點的嗎？

이것으로 11호 치수가 있습니까 ?
i geo seu ro sip il ho chi su ga it seum ni kka
這個有11號的嗎？

그것을 입어봐도 괜찮습니까 ?
geu geo seul i beo bwa do gwaen chan sseum ni kka
我可以試穿看看嗎？（衣服）

이 양복을 입어봐도 괜찮습니까 ?
i yang bo geul i beo bwa do gwaen chan sseum ni kka
我可以試穿這套西裝看看嗎？

좀더 생각해보겠습니다. 감사합니다.
jom deo saeng ga kae bo get seum ni da gam sa ham ni da
我再想想看。謝謝。

지금은 결정하지 못하겠습니다.
ji geu meun gyeol jeong ha ji mot ta get seum ni da
我現在無法決定。

이것은 제가 찾고 있던 것 과 다르군요.
i geo seun je ga chat go it deon geot gwa da reu gun nyo
這個跟我要找的不一樣耶。

다른 곳을 찾아 보겠습니다.
da reun go seul cha ja bo get seum ni da
我去別的地方找看看。

이것을 주십시오.
i geo seul ju sip si o
我要買這個。

이것으로 하겠습니다.
i geo seu ro ha get seum ni da
我要買這個。

이것이 저에게 딱 맞습니다.
i geo si jeo e ge ttak mat seum ni da
這個真適合我。

얼마입니까 ?
eol ma im ni kka
多少？

이 가방은 얼마입니까 ?
i ga bang eun eol ma im ni kka
這個包包多少錢？

정가는 얼마입니까 ?
jeong ga neun eol ma im ni kka
定價是多少？

전부 얼마 입니까 ?
jeon bu eol ma im ni kka
全部是多少？

스마트폰 케이스 있어요 ?
seu ma teu pon ke i seu i seo yo
請問有智慧型手機的殼嗎？

추천해주세요.
chu cheon hae ju se yo
請推薦給我。

세금을 포함해서 얼마입니까 ?
se geu meul po ham hae seo eol ma im ni kka
含稅價是多少？

Track 085

그것은 세금이 포함된 가격입니까 ?

geu geo seun se geu mi po ham doen ga gyeo gim ni kka

那是含稅價嗎？

계산이 틀리지 않습니까 ?

gye sa ni teul li ji an sseum ni kka

沒有算錯嗎？

이것을 확인해 주 시겠습니까 ?

i geo seul hwa gin hae ju si get seum ni kka

可以請你幫我確認這項嗎？

너무 비쌉니다.

neo mu bi ssam ni da

太貴了。

그렇게 많은 예산은 없습니다.

geu reo ke ma neun ye sa neun eop seum ni da

我沒有那麼多預算。

좀 더 싼 것은 없습니까 ?

jom deo ssan geo seun eop seum ni kka

沒有更便宜的嗎？

좀 더 싼 것을 보여주십시오.

jom deo ssan geo seul bo yeo ju sip si o

請給我看更便宜一點的。

조금 싸게 해주시겠습니까?
jo geum ssa ge hae ju si get seum ni kka
可以算我便宜一 點嗎？

좀 더 깎아주세요.
jom deo kka kka ju se yo
再便宜一點。

가격을 10% 정도 할인 해주실수 있습니까?
ga gyeo geul sip peu ro jeong do ha rin hae ju sil su it seum ni kka
可以給我打九折嗎？

30000원 라면 사겠습니다.
sam man won la myeon sa get seum ni da
3萬元我就買。

싸게 해주시면 한꺼번에 많이 사겠습니다.
ssa ge hae ju si myeon han kkeo beon e ma ni sa get seum ni da
如果算我便宜一點我就一次買多一些。

봉지에 넣어주시겠습니까?
bong ji e neo eo ju si get seum ni kka
可以幫用塑膠袋裝嗎？

따로 포장해주세요.
tta ro po jang hae ju se yo
請分開裝。

개별로 포장해주십시오.
gae byeol lo po jang hae ju sip si o
請個別包起來。

선물용으로 포장해주시겠습니까?
seon mul yong eu ro po jang hae ju si get seum ni kka
可以幫我包裝成禮物嗎?

배달해주시겠습니까?
bae dal hae ju si get seum ni kka
可以送貨嗎?

호텔까지 배달해주시겠습니까?
ho tel kka ji bae dal hae ju si get seum ni kka
可以送到飯店嗎?

대만으로 보내주시겠습니까?
dae man eu ro bo nae ju si get seum ni kka
可以寄到台灣嗎?

이주소로 보내주십시오.
i ju so ro bo nae ju sip si o
請寄到這個住址。

운송료가 필요합니까?
un song nyo ga pi ryo ham ni kka
需要運費嗎?

이것을 다른 상품과 교환하고 싶습니다.
i geo seul da reun sang pum gwa gyo hwan ha go sip seum ni da
我想要換別的商品。

케이스 안을 보여주시겠습니까？
ke i seu a neul bo yeo ju si get seum ni kka
可以給我看箱子裡面嗎？

이것을 반환할 수 있을까요？
i geo seul ban hwan hal su i seul kka yo
這個可以退貨嗎？

망가져있었기 때문에 반품하고 싶습니다.
mang ga jyeo i seot gi ttae mu ne ban pum ha go sip seum ni da
這故障了我想退貨。

영수증은 여기에 있습니다.
yeong su jeung eun yeo gi e it seum ni da
收據在這裡。

몇 시부터 개점입니까？
myeot si bu teo gae jeom im ni kka
幾點開門？

폐점은 몇 시입니까？
pye jeo meun myeot si im ni kka
幾點關門？

가게는 몇 시까지 열려있습니까?
ga ge neun myeot si kka ji yeol lyeo it seum ni kka
商店會開到幾點？

이거 두 개 주세요.
i geo du gae ju se yo
這個請給我兩個。

이 요리는 맛이 어때요?
i yo ri neun ma si eo ttae yo
這道菜味道如何？

맛이 별로네요.
ma si byeol lo ne yo
味道不怎麼樣。

케이크가 아주 부드러워요.
ke i keu ga a ju bu deu reo woe yo
蛋糕很柔順。

아, 미식가시군요.
a mi sik ga si gun nyo
啊，真是美食家啊。

고기가 탔어요.
go gi ga ta seo yo
肉焦了。

잠시 들러서 뭐 좀 먹어요.
jam si deul leo seo mwo jom meo geo yo
暫時進去吃點東西。

몇 시에 문을 열어요 ?
myeot si e mu neul yeo reo yo
幾點開門？

아침 열 시에 열어요.
a chim yeol si e yeo reo yo
早上十點開門。

몇 시에 문을 닫아요 ?
myeot si e mu neul da da yo
幾點關門？

저녁 여덟 시에 닫아요.
jeo nyeok yeo deol si e da da yo
晚上七點關門。

화장실은 어디예요 ?
hwa jang si reun eo di ye yo
化妝室在哪裡？

잘못했어요.
jal mot tae seo yo
我錯了。

냈어요.
nae seo yo
已經付了。

여기 다섯 명 있어요.
yeo gi da seot myeong i seo yo
這裡有五個人。

세시간 동안 기다렸어요.
se si gan dong an gi da ryeo seo yo
等了三小時。

시간 있어요 ?
si gan i seo yo
有空嗎？

이 근처에 괜찮은 식당이 어디예요 ?
i geun cheo e gwaen cha neun sik dang i eo di ye yo
這附近有不錯的餐館嗎？

유명한 식당을 추천해주시겠어요 ?
you myeong han sik dang eul chu cheon hae ju si ge seo yo
可以介紹給我有名的餐廳嗎？

오늘밤 여섯 시에 세 사람 자리를 예약하고 싶어요.
o neul bam yeo seot si e se sa ram ja ri reul ye ya ka go si peo yo
我想預約今晚六點三個人的位置。

창가자리로 부탁해요.
chang ga ja ri ro bu ta kae yo
請給我靠窗的位置。

얼마나 기다려야 해요？
eol ma na gi da ryeo ya hae yo
要等多久呢？

피자 먹으러 갈까요？
pi ja meo geu reo gal kka yo
要不要去吃披薩？

배고프셨어요？
bae go peu syeo seo yo
您肚子餓了嗎？

주문하시겠어요？
ju mun ha si ge seo yo
請問要點餐了嗎？

네, 주문할게요.
ne ju mun hal ge yo
要，要點餐了。

무엇을 드시겠어요？
mu eo seul deu si ge seo yo
請問要點什麼？

Track 093

생수주세요.
saeng su ju se yo
請給我礦泉水。

냅킨을 주세요.
naep ki neul ju se yo
請給我餐巾。

좀 있다가 주문할게요.
jom it da ga ju mun hal ge yo
我等一下再點餐。

여기 주문 받아주세요.
yeo gi ju mun ba da ju se yo
這邊要點餐。

예약하지 않았어요. 두 명이 앉을 자리가 있어요?
ye yak ha ji a na seo yo du myeong i an jeul ja ri ga i seo yo
沒有訂位。有兩可以坐的位置嗎?

이 집에서 가장 인기 있는 메뉴는 뭐예요?
i ji be seo ga jang in gi it neun me nu neun mwo ye yo
這家店最有人氣的料理是哪一道?

아주 맛있어요.
a ju ma si seo yo
很好吃。

배불러요.
bae bul leo yo
我飽了。

식사 맛있게 하셨어요 ?
sik sa ma sit ge ha syeo seo yo
吃得好嗎？

컵이 더러워요.
keo bi deo reo woe yo
杯子髒髒的。

바꿔주세요.
ba kkwo ju se yo
請換一下。

여기를 좀 치워 주세요.
yeo gi reul jom chi woe ju se yo
請幫我整理這邊一下。

계산서주세요.
gye san seo ju se yo
請給我帳單。

따로 계산해주세요.
tta ro gye san hae ju se yo
請分開算。

거스름돈 가져가세요.
geo seu reum don ga jyeo ga se yo
不用找錢給我了。

쿠폰이 있어요.
ku po ni i seo yo
我有優惠券。

이거 리필해주세요.
i geo ri pil hae ju se yo
請幫我續杯。

포장해주세요.
po jang hae ju se yo
請打包。

커피한잔주세요.
keo pi han jan ju se yo
請給我一杯咖啡。

뜨거운 것으로 드릴까요？
tteu geo un geo seu ro deu ril kka yo
要給您熱的嗎？

차가운 것으로 드릴까요？
cha ga un geo seu ro deu ril kka yo
要給您冷的嗎？

차가운 것으로 주세요.
cha ga un geo seu ro ju se yo
請給我冷的。

제가 한 잔 살게요.
je ga han jan sal ge yo
我請您喝一杯。

좋아요. 어디로 갈 거예요 ?
jo a yo eo di ro gal geo ye yo
好哇。要去哪裡呢？

운전하기 때문에 술을 마시면 안돼요.
un jeon ha gi ttae mu ne su reul ma si myeon an dwae yo
我要開車，所以不能喝酒。

건배하십시다.
geon bae ha sip si da
我們來乾杯！

쇼핑센터는 어느 방향이에요 ?
syo ping sen teo neun eo neu bang hyang i e yo
購物中心是哪一個方向？

이쪽으로 쭉 걸어가세요.
i jjo geu ro jjuk geo reo ga se yo
請往這方向一直走過去。

가장 인기 있는 것은 어떤 거예요 ?
ga jang in gi it neun geo seun eo tteon geo ye yo
最有人氣的是哪一個？

좀 둘러봐도 될까요 ?
jom dul leo bwa do doel kka yo
我可以參觀一下嗎？

저것 좀 보여 주세요.
jeo geot jom bo yeo ju se yo
請給我看那個。

다른 치수는 없어요 ?
da reun chi su neun eop seo yo
沒有別的尺寸嗎？

할인해요 ?
ha rin hae yo
有打折嗎？

카메라를 좀 보려고요.
ka me ra reul jom bo ryeo go yo
我想看照相機。

이건 얼마예요 ?
i geon eol ma ye yo
這個多少錢？

좀 깎아주세요.
jom kka kka ju se yo
算便宜一點。

비싸요.
bi ssa yo
好貴。

괜찮은 가격이네요.
gwaen cha neun ga gyeo gi ne yo
價格還可以。

건전지 주세요.
geon jeon ji ju se yo
請給我乾電池。

신용카드로 계산해도 돼요？
sin yong ka deu ro gye san hae do dwae yo
可以用信用卡付款嗎？

여기에 서명해주시겠습니까？
yeo gi e seo myeong hae ju si get seum ni kka
可以請你在這裡簽名嗎？

옷을 사려고해요.
o seul sa ryeo go hae yo
我想買衣服。

잘 어울리세요.
jal reo wool ri se yo
很適合您呢。

약간 끼어요.
yak gan kki eo yo
有點緊。

어울리지 않네요.
eo wool ri ji an ne yo
不適合耶。

별로인데요.
byeol lo in de yo
普通耶。

재질이 뭐예요 ?
jae ji ri mwo ye yo
材質是什麼？

면입니다.
myeon im ni da
棉。

탈의실은 어디예요 ?
ta rui si reun eo di ye yo
更衣室在哪裡？

하이힐 있어요 ?
ha i hil i seo yo
有高跟鞋嗎？

편한 신발을 찾고 있어요.
pyeon han sin ba reul chat go i seo yo
我想找穿起來舒服的鞋。

신발이 커요.
sin ba ri keo yo
鞋子好大。

신발이 작은가 봐요.
sin ba ri ja geun ga bwa yo
鞋子有點小。

봉투주세요.
bong tu ju se yo
請給我袋子。

종이봉지로 주세요.
jong i bong ji ro ju se yo
請給我紙袋。

비닐봉지로 주세요.
bi nil bong ji ro ju se yo
請給我塑膠袋。

포장해주세요.
po jang hae ju se yo
請包起來。

따로따로 포장해주세요.
tta ro tta ro po jang hae ju se yo
請分開包裝。

집까지 배달해주세요?
jip kka ji bae dal hae ju se yo
可以送貨到家嗎？

돈 좀 바꿔 주세요.
don jom ba kkwo ju se yo
請幫我換錢。

한국 돈으로 바꿔 주세요.
han guk don eu ro ba kkwo ju se yo
請幫我換成韓幣。

열심히 저금하고 있어요.
yeol shim hi jeo geum ha go i seo yo
我正努力地存錢中。

돈을 모으고 있다.
do neul mo eu go it da
我在儲蓄。

Track 102

이것을 반품하고 싶습니다.
i geo seul ban pum ha go sip seum ni da
我想退貨。

다른 것으로 바꿔주세요.
da reun geo seu ro ba kkwo ju se yo
我想換別的。

바꿔주세요.
ba kkwo ju se yo
請幫我換。

언제 사셨어요 ?
eon je sa syeo seo yo
什麼時候買的呢？

삼일 전에 여기서 샀어요.
sam il jeon e yeo gi seo sa seo yo
三天前在這裡買的。

어제 샀는데 환불할 수 있어요 ?
eo je sat neun de hwan bul hal su i seo yo
昨天買的可以退錢嗎？

물론이죠, 영수증가지고 계세요 ?
mul lon i jyo yeong su jeung ga ji go gye se yo
當然，請問有帶收據嗎？

하나 사면 하나 더 주는 행사 중이래요.
ha na sa myeon ha na deo ju neun haeng sa jung i rae yo
現在有買一送一的活動喔。

이 금액은 뭐예요？
i geu mae geun mwo ye yo
這個金額是什麼東西的價格？

영수증주세요.
yeong su jeung ju se yo
請給我收據。

합계가 틀려요.
hap gye ga teul lyeo yo
合計錯了。

이것을 사지 않았어요.
i geo seul sa ji a na seo yo
我沒有這個買。

금액이 틀려요.
geu mae gi teul lyeo yo
金額錯了。

계산서를 다시 확인해 주세요.
gye san seo reul da si hwa kin hae ju se yo
請再確認一次帳單。

Track 104

향수를 찾고 있어요.
hyang su reul chat go i seo yo
我在找香水。

스킨로션을 찾고 있어요.
seu kin ro syeo neul chat go i seo yo
我在找身體乳液。

마스크 팩을 사고 싶어요.
ma seu keu pae geul sa go si peo yo
我想要買面膜。

민감성피부예요.
min gam seong pi bu ye yo
我是敏感性皮膚。

건성피부예요.
geon seong pi bu ye yo
我是乾性皮膚。

지성피부예요.
ji seong pi bu ye yo
我是油性皮膚。

샘플을 사은품으로 주실 수 있으세요?
saem peul reul sa eun pum eu ro ju sil su i seu se yo
可以給我贈送的試用品嗎？

이 제품의 유통기한은 어디에 표시 되어 있어요 ?
i je pum ui you tong gi han eun eo di e pyo si doe eo i seo yo
這個產品的有效期限寫在哪裡？

유통기한이 지났어요.
you tong gi han i ji na seo yo
有效期限過了。

이 도시의 지도가 있어요 ?
i do si ui ji do ga i seo yo
請問有這個都市的地圖嗎？

오늘 사람들이 참 많아요.
o neul sa ram deul ri cham ma na yo
今天人真多。

여기 자주 오세요 ?
yeo gi ja ju o se yo
你常常來這裡嗎？

이거와 같은 것을 찾는데 도와주시겠습니까?
i geo wa ga teun geo seul chat neun de do wa ju si get seum ni kka
我在找和這個一樣的東，可以幫我嗎?

무료공연 이에요?
mu ryo gong yeon i e yo
是免費可以觀賞的表演嗎?

아니에요.
a ni e yo
不是的。

표를 사야 해요.
pyo reul sa ya hae yo
必須要買票。

쇼는 몇시에 시작해요?
syo neun myeot si e si ja kae yo
表演幾點開始?

난타 볼만해요?
nan ta bol man hae yo
亂打值得看嗎?

그 뮤지컬은 이전에 여러 번 봤어요.
geu myu ji keo reun i jeo ne yeo reo beon bwa seo yo
那齣音樂劇我看過好幾次了。

그녀는 국가 교향악단에서 하프를 연주한다.
geu nyeo neun guk ga gyo hyang ak dan e seo ha peu reul yeon ju han da
她在國家交響樂團擔任豎琴。

오늘밤 오케스트라 공연 있어요.
o neul bam o ke seu teu ra gong yeon i seo yo
今晚有交響樂公演。

第四篇

旅遊飯店醫療

여행 갈 준비가 다됐니?
yeo haeng gal jun bi ga da dwaet ni
你要旅行的準備都好了嗎？

좋은 여행되세요.
jo eun yeo haeng doe se yo
祝旅行愉快。

잔돈 좀 바꿔줄 수 있으세요?
jan don jom ba kkwo jul su i seu se yo
請問可以換零錢嗎？

이 지폐를 잔돈으로 바꿔 주세요.
i ji pye reul jan don eu ro ba kkwo ju se yo
請幫我張鈔票換成零錢。

이 달러를 한국 돈으로 바꾸어 주십시오.
i dal leo reul han guk don eu ro ba kku eo ju sip si o
請幫我把這些美金換成韓幣。

저는 한국사람이 아니에요.
jeo neun han guk sa ra mi a ni e yo
我不是韓國人。

저는 외국사람이에요.
jeo neun oe guk sa ram i e yo
我是外國人。

제 계좌에 돈을 좀 입금하고 싶습니다.
je gye jwa e do neul jom ip geum ha go sip seum ni da
我想存錢到我的戶頭去。

그의 계좌로 돈을 좀 송금하고 싶습니다.
geu ui gye jwa ro do neul jom song geum ha go sip seum ni da
我想匯錢到他的帳戶。

돈을 좀 인출하고 싶습니다.
do neul jom in chul ha go sip seum ni da
我想領錢。

돈이 한 푼도 없어.
do ni han pun do eop seo
我身無分文。

현금입니까, 신용카드입니까 ?
hyeon geum im ni kka sin yong ka deu im ni kka
要付現，還是用信用卡？

시간이 많이 남아있다.
si ga ni ma ni na ma it da
還有很多時間。

갈까 말까 고민 중이에요.
gal kka mal kka go min jung i e yo
我正在苦惱要不要去。

누구에게 물어봐야 합니까?
nu gu e ge mu reo bwa ya ham ni kka
我要問誰呢？

교통량이 많습니다.
gyo tong yang i man sseum ni da
交通流量很多。

좋은 여행하십시오!
jo eun yeo haeng ha sip si o
祝您旅途愉快！

공항에 몇 시에 도착해야 합니까?
gong hang e myeot si e do cha kae ya ham ni kka
要幾點到機場？

짐은 있어요?
ji meun i seo yo
你有行李嗎？

나는 짐이 없습니다.
na neun ji mi eop seum ni da
我沒有行李。

티켓은 얼마입니까?
ti ke seun eol ma im ni kka
票價是多少？

예약을 취소해주십시오.

ye ya geul chwi so hae ju sip si o

請幫我取消。

예약을 변경하고 싶습니다.

ye ya geul byeon gyeong ha go sip seum ni da

我想變更預約。

공항터미널은 어디에 있습니까?

gong hang teo mi neo reun eo di e it seum ni kka

請問機場航廈在哪裡？

어디서 체크인합니까?

eo di seo che keu in ham ni kka

要在哪裡CHECK IN？

줄을 서세요.

ju reul seo se yo

請排隊。

새치기하지 마세요.

sae chi gi ha ji ma se yo

請不要插隊。

얼마나 오래 여기 머물 것입니까?

eol ma na o rae yeo gi meo mul geo sim ni kka

要在這裡留多久？

Track 111

이어폰 있어요 ?
i eo pon i seo yo
有耳機嗎？

우리는 몇 시에 도착합니까 ?
u ri neun myeot si e do cha kam ni kka
我們會幾點到？

여권 보여주세요.
yeo gwon bo yeo ju se yo
請給我看你的護照。

귀하의 방문 목적은 무엇입니까 ?
gwi ha ui bang mun mok jeo geun mu eo sim ni kka
請問您的來訪目的是什麼？

이번이 첫 번째입니다.
i beo ni cheot beon jjae im ni da
我是第一次來。

2주 머무를 계획입니다.
i ju meo mu reul gye hoek gim ni da
我計劃要留2星期。

대한 항공 카운터는 어디 있습니까 ?
dae han hang gong ka un teo neun eo di it seum ni kka
請問大韓航空的櫃台在哪裡？

비행기에 가지고 탈 수 있어요?
bi haeng gi e ga ji go tal su i seo yo
這個可以帶上飛機嗎?

이것은 친구에게 줄 선물입니다.
i geo seun chin gu e ge jul seon mu rim ni da
這是給朋友的禮物。

면세상점입니다.
myeon se sang jeom im ni da
這是免稅商店。

영수증을 받을 수 있을까요?
yeong su jeung eul ba deul su i seul kka yo
可以給我發票嗎?

어디서 제 짐을 찾을 수 있습니까?
eo di seo je ji meul cha jeul su it seum ni kka
請問要在哪裡拿我的行李?

제 짐을 찾을 수 없습니다.
je ji meul cha jeul su eop seum ni da
我找不到我的行李。

제 짐이 부서졌고, 무엇인가 없어졌습니다.
je ji mi bu seo jyeot go mu eo sin ga eop seo jyeot seum ni da
我的行李箱被破壞,裡面有東西不見了。

이것은 제 것 입니다.

i geo seun je geo sim ni da

這是我的。

이것은 제 신분증 입니다.

i geo seun je sin bun jeung im ni da

這是我的身分證。

여기서 호텔을 예약할 수 있습니까?

yeo gi seo ho te reul ye ya kal su it seum ni kka

這裡可以預約飯店嗎？

빈방 있습니까?

bin bang it seum ni kka

有空房嗎？

일인용 방을 원합니다.

il in yong bang eul won ham ni da

我想要單人房。

침대 2개 있는 방을 원합니다.

chim dae du gae it neun bang eul won ham ni da

我想要有2張床的房間。

우리는 여분의 침대가 하나 더 있는 더블 룸을 원합니다.

u ri neun yeo bun ui chim dae ga ha na deo it neun deo beul lu meul won ham ni da

我們想要有加一張床的雙人房。

아침식사가 포함되었습니까?
a chim sik sa ga po ham doe eot seum ni kka
有包含早餐嗎？

요금이 어떻게 됩니까?
yo geu mi eo tteo ke doem ni kka
費用是多少？

나는 한 주 동안 이 방을 사용할 것입니다.
na neun han ju dong an i bang eul sa yong hal geo sim ni da
這個房間我要住一週。

더 싼 것은 없습니까?
deo ssan geo seun eop seum ni kka
有更便宜的嗎？

다른 호텔을 추천해 주시겠습니까?
da reun ho te reul chu cheon hae ju si get seum ni kka
可以推薦我其他的飯店嗎？

예약하고 싶어요.
ye ya ka go si peo yo
我想預約。

아침 8시에 깨워주세요.
a chim yeo deol si e kkae woe ju se yo
早上八點請叫醒我。

방 청소 좀 해주세요.

bang cheong so jom hae ju se yo

請打掃房間。

예약을 했습니다.

ye ya geul haet seum ni da

我有預約了。

더 좋은 방을 보여 주십시오.

deo jo eun bang eul bo yeo ju sip si o

請給我看更好的房間。

2박 머무를 것입니다.

i bak meo mu reul geo sim ni da

我要待2晚。

제 여권이 필요 합니까 ?

je yeo gwo ni pi ryo ham ni kka

需要我的護照嗎？

여기서 사인하세요.

yeo gi seo sa in ha se yo

請在這裡簽名。

Track 116

들어오세요.
deu reo o se yo
請進。

제 짐을 맡아주실 수 있습니까?
je ji meul ma ta ju sil su it seum ni kka
我可以寄放行李嗎？

제 짐을 돌려받을 수 있습니까?
je ji meul dol lyeo ba deul su it seum ni kka
我可以拿回行李嗎？

뜨거운 물 좀 갖다 주십시오.
tteu geo un mul jom gat da ju sip si o
請拿熱水給我。

담요를 하나 더 주실 수 있습니까?
dam yo reul ha na deo ju sil su it seum ni kka
可以再給我一條毯子嗎？

몇 시에 식사가 제공됩니까?
myeot si e sik sa ga je gong doem ni kka
幾點會提供餐點？

방에서 아침 식사를 할 수 있습니까?
bang e seo a chim sik sa reul hal su it seum ni kka
可以在房間裡用早餐嗎？

내일 아침식사를 주문하고 싶습니다.
nae il a chim sik sa reul ju mun ha go sip seum ni da
我想點明天早上的餐點。

이것을 세탁하고 싶습니다.
i geo seul se ta ka go sip seum ni da
我想洗這衣服。

조심해주십시오.
jo shim hae ju sip si o
請小心。

세탁소는 어디에 있습니까？
se tak so neun eo di e it seum ni kka
請問洗衣房在哪裡？

이 슈트를 세탁하고 다리고 싶습니다.
i shoe teu reul se ta ka go da ri go sip seum ni da
我想洗加熨這件襯衫。

이 바지들을 다려줄 수 있습니까？
i ba ji deu reul da ryeo jul su it seum ni kka
請幫我熨這些褲子。

이것을 다려 주세요.
i geo seul da ryeo ju se yo
請幫我熨這個。

이 단추를 꿰매주실 수 있습니까?
i dan chu reul kkwe mae ju sil su it seum ni kka
可以幫我縫扣子嗎？

이 얼룩을 제거해줄 수 있습니까?
i eol lu geul je geo hae jul su it seum ni kka
可以幫我去污漬嗎？

7시에 깨워주실 수 있습니까?
il gop si e kkae woe ju sil su it seum ni kka
請問七點可以叫醒我嗎？

택시를 불러주시겠습니까?
taek si reul bul leo ju si get seum ni kka
可以幫我叫計程車嗎？

택시로 공항까지 얼마나 걸립니까?
taek si ro gong hang kka ji eol ma na geol lim ni kka
搭計程車到機場要多久的時間？

택시로 공항까지 얼마 정도 될 겁니까?
taek si ro gong hang kka ji eol ma jeong do doel geom ni kka
搭計程車到機場要多少錢？

하루 일찍 떠나고 싶습니다.
ha ru il jjik tteo na go sip seum ni da
我想提前一天離開。

TV가 작동하지 않습니다.
TV ga jak dong ha ji an sseum ni da
電視不能看。

비누가 없습니다.
bi nu ga eop seum ni da
沒有肥皂。

자물쇠가 고장 났습니다.
ja mul soe ga go jang nat seum ni da
置物櫃的鎖壞了。

뜨거운 물은 나오지 않습니다.
tteu geo un mu reun na o ji an sseum ni da
沒有熱水。

10달러는 큰 돈이 아닙니다.
sip dal leo neun keun do ni a nim ni da
10塊美金不是大錢。

방을 바꾸고 싶습니다.
bang eul ba kku go sip seum ni da
我想換房間。

주문한 아침을 아직 기다리고 있습니다.
ju mun han a chi meul a jik gi da ri go it seum ni da
我還在等我點的早餐。

잘못된 부분이 있는 것 같아.
jal mot doen bu bu ni it neun geot ga ta
好像有什麼錯了。

이것은 제 것이 아닙니다.
i geo seun je geo si a nim ni da
這不是我的。

이 방은 너무 작습니다.
i bang eun neo mu jak seum ni da
這個房間太小了。

더 큰 것은 없습니까 ?
deo keun geo seun eop seup ni kka
沒有更大的嗎？

더 작은 것은 없습니까 ?
deo ja geun geo seun eop seum ni kka
沒有更小的嗎？

계산서를 주세요.
gye san seo reul ju se yo
請給我帳單。

신용카드를 받습니까 ?
sin yong ka deu reul bat seum ni kka
你們接受信用卡付帳嗎？

조금 비싼 것 같습니다.

jo geum bi ssan geot gat seum ni da

好像有點貴。

무엇에 대한 계산서 입니까?

mu eo se dae han gye san seo im ni kka

這是什麼的帳單？

미안합니다. 이것은 제 사인이 아닙니다.

mi an ham ni da i geo seun je sa in i a nim ni da

不好意思。這不是我的簽名。

며칠 더 머물고 싶습니다.

myeo chil deo meo mul go sip seum ni da

我想多留幾天。

내일 떠날 것입니다.

nae il tteo nal geo sim ni da

我明天要走。

언제 방을 비워야 합니까?

eon je bang eul bi woe ya ham ni kka

我什麼時候得要把房間清空？

즐겁게 보냈습니다.

jeul geop ge bo naet seum ni da

我過得很高興。

식당은 어디에 있습니까 ?
sik dang eun eo di e it seum ni kka
您在哪裡？

여기에 스낵바가 있습니까 ?
yeo gi e seu naek ba ga it seum ni kka
這邊有快餐店嗎？

비상 출구는 어디에 있습니까 ?
bi sang chul gu neun eo di e it seum ni kka
緊急出口在哪裡？

저를 위해서 예약해 주실 수 있습니까 ?
jeo reul wi hae seo ye yak hae ju sil su it seum ni kka
請問你可以幫我預約嗎？

식사하기 좋은 곳을 추천 해주실 수 있습니까 ?
sik sa ha gi jo eun go seul chu cheon hae ju sil su it seum ni kka
可以推薦我不錯的餐廳嗎？

예약을 해야 합니까 ?
ye ya geul hae ya ham ni kka
需要預約嗎？

너무 비싸지 않은 곳.
neo mu bi ssa ji a neun got
不會太貴的地方。

이탈리아 레스토랑에 가고 싶습니다.

i tal li a re seu to rang e ga go sip seum ni da

我想去義大利餐廳。

이 근처 가까이에 맛있는 레스토랑이 있습니까 ?

i geun cheo ga kka i e ma sit neun le seu to rang i it seum ni kka

這附近有不錯的餐廳嗎？

이 근처에 좋은 커피숍이 있습니까 ?

i geun cheo e jo eun keo pi syo bi it seum ni kka

這附近有不錯的咖啡館嗎？

이 지역 최고 맛있는 요리를 먹고 싶습니다.

i ji yeok choe go ma sit neun yo ri reul meok go sip seum ni da

我想吃這地區最好吃的料理。

배달 가능해요 ?

bae dal ga neung hae yo

可以外送嗎？

저녁을 먹고 싶습니다.

jeo nyeo geul meok go sip seum ni da

我想吃晚餐。

무엇을 추천합니까 ?

mu eo seul chu cheon ham ni kka

你推薦什麼呢？

이 집의 인기요리는 무엇 입니까 ?
i jib ui in gi yo ri neun mu eo sim ni kka
這家店的人氣料理是什麼？

나는 뉴욕으로 갈 계획 있습니다.
na neun nu yo geu ro gal gye hoek it seum ni da
我計畫要去紐約。

파리에 얼마나 오래 머무를 예정 입니까 ?
pa ri e eol ma na o rae meo mu reul ye jeong im ni kka
你預計要在巴黎待多久？

나는 버스로 가길 원합니다.
na neun beo seu ro ga gil won ham ni da
我想搭巴士去。

저는 어제 설악산에 갔어요.
jeo neun eo je seo rak sa ne ga seo yo
我昨天去雪嶽山了。

정상까지 갔습니까 ?
jeong sang kka ji gat seum ni kka
要走到山頂嗎？

여기서 사진 좀 찍어줄래 ?
yeo gi seo sa jin jom jji geo jul lae
要幫你在這裡拍張照嗎？

사진 좀 찍자.
sa jin jom jjik ja
來拍個照吧。

여기에 어떤 박물관이 있는지 말씀해 주시겠습니까?
yeo gi e eo tteon bang mul gwa ni it neun ji mal sseum hae ju si get seum ni kka
可以告訴我這邊有什麼博物館嗎？

여기는 사진 찍기에 좋은 곳이 못돼.
yeo gi neun sa jin jjik gi e jo eun go si mot dwae
這裡不是拍照的好地方。

우리 가 볼 만한 장소를 찾아 볼까요?
u ri ga bol man han jang so reul cha ja bol kka yo
我們要不要找看看值得去參觀的地方呢？

입장료는 얼마입니까?
ip jang nyo neun eol ma im ni kka
入場卷要多少錢？

영어를 할 수 있는 사람 있습니까?
yeong eo reul hal su it neun sa ram it seum ni kka
請問有會英語的人嗎？

저는 중국어를 합니다.
jeo neun jung guk geo reul ham ni da
我說中文。

Track 126

플래시를 사용해도 됩니까?
peul lae si reul sa yong hae do doem ni kka
可以用閃光燈嗎？

여기에 당신의 주소를 적어 주십시오.
yeo gi e dang sin ui ju so reul jeo geo ju sip si o
請在這裡寫下你的地址。

분실물보관소는 어디입니까?
bun sil mul bo gwan so neun eo di im ni kka
請問失物招領處在哪裡？

지갑을 도난 당했습니다.
ji ga beul do nan dang haet seum ni da
我錢包被偷了。

여권을 잃어버렸습니다.
yeo gwo neul i reo beo ryeot seum ni da
我護照不見了。

여권을 찾을 수가 없습니다.
yeo gwo neul cha jeul su ga eop seum ni da
我找不到我的護照。

누구에게 알려야 합니까?
nu gu e ge al lyeo ya ham ni kka
我要讓誰知道呢？

응급상황입니다.

eung geup sang hwang im ni da

有緊急情況。

경찰을 불러주십시오.

gyeong cha reul bul leo ju sip si o

請叫警察來。

지하철에서 지갑을 도난 당했습니다.

ji ha cheo re seo ji ga beul do nan dang haet seum ni da

我的錢包在捷運被偷了。

우체국은 어디에 있습니까?

u che gu geun eo di e it seum ni kka

郵局在哪裡？

이 편지를 등기로 부쳐 주십시오.

i pyeon ji reul deung gi ro bu chyeo ju sip si o

請幫我寄掛號。

이 편지를 항공 우편으로 보내고 싶습니다.

i pyeon ji reul hang gong u pyeon eu ro bo nae go sip seum ni da

請幫我寄航空。

이 편지를 항공편으로 부탁합니다.

i pyeon ji reul hang gong pyeon eu ro bu tak ham ni da

這封信請寄航空。

대만에 편지를 보내고 싶습니다.
dae ma ne pyeon ji reul bo nae go sip seum ni da
我想寄信到台灣。

이것을 소포로 부탁합니다.
i geo seul so po ro bu tak ham ni da
我想寄這個包裹。

이 소포를 어떻게 보내면 좋아요？
i so po reul eo tteo ke bo nae myeon jo a yo
這個包裹要怎麼寄比較好？

대만까지 우편요금은 얼마 입니까？
dae man kka ji u pyeon yo geu meun eol ma im ni kka
寄到台灣要多少錢？

이 소포의 무게를 재어 주시겠습니까？
i so po ui mu ge reul jae eo ju si get seum ni kka
可以量一下這包裹的重量嗎？

이것은 많이 무겁나요？
i geo seun man ni mu geop na yo
這個很重嗎？

이 편지들을 보내는데 요금이 얼마나 듭니까？
i pyeon ji deu reul bo nae neun de yo geu mi eol ma na deum ni kka
把這些信寄出的費用是多少？

어디서 우표와 엽서를 구할 수 있습니까 ?
eo di seo u pyo wa yeop seo reul gu hal su it seum ni kka
哪裡可以買到郵票和明信片？

이 소포를 홍콩으로 보내고 싶습니다.
i so po reul hong kong eu ro bo nae go sip seum ni da
我要寄包裹到香港。

이것을 가능한 빨리 이 주소로 보내주시겠습니까 ?
i geo seul ga neung han ppal li i ju so ro bo nae ju si get seum ni kka
可以盡快把這個寄到這個地址嗎？

그것을 대만에 있는 이 주소로 보낼 수 있습니까 ?
geu geo seul dae ma ne it neun i ju so ro bo nael su it seum ni kka
這個可以寄到台灣這個地址嗎？

비용이 얼마 인지 저에게 다시 전화해서 말씀해 주시겠습니까 ?
bi yong i eol ma in ji jeo e ge da si jeon hwa hae seo mal sseum hae ju si get seum ni kka
費用是多少您可以再打電話跟我說嗎？

몇 시 까지 은행을 엽니까 ?
myeot si kka ji eun haeng eul yeom ni kka
銀行開到幾點？

Track 130

어디서 돈을 바꿀 수 있습니까?
eo di seo do neul ba kkul su it seum ni kka
哪裡可以換錢?

이 일은 얼마나 빨리 될 수 있습니까?
i i reun eol ma na ppal li doel su it seum ni kka
這件事可以多快完成?

여기서 야영해도 됩니까?
yeo gi seo ya yeong hae do doem ni kka
這邊可以露營嗎?

물을 얻을 수 있는 곳이 있습니까?
mu reul eo deul su it neun go si it seum ni kka
哪裡有水?

여기서 밤을 보낼 수 있을까요?
yeo gi seo ba meul bo nael su it seul kka yo
這邊可以過夜嗎?

여기서 낚시 할 수 있습니까?
yeo gi seo nak si hal su it seum ni kka
這邊可以釣魚嗎?

저는 낚시에 관심이 있습니다.
jeo neun nak si e gwan si mi it seum ni da
我對釣魚有興趣。

타이페이 101빌딩 구경해 봤어요？
ta i pe i il yeong il bil ding gu gyeong hae bwa seo yo
你有參觀過台北101大樓嗎？

오늘 해변가에 가자.
o neul hae byeon ga e ga ja
我們今天去海邊吧！

여행을 떠나고 싶어요.
yeo haeng eul tteo na go si peo yo
我想去旅行。

표를 파는 곳이 어디인지 가르쳐 주시겠습니까？
pyo reul pa neun go si eo di in ji ga reu chyeo ju si get seum ni kka
您可以告訴我賣票的地方在哪裡嗎？

예약 하려고요.
ye yak ha ryeo go yo
我要預約。

예약하고 싶습니다.
ye ya ka go sip seum ni da
我想要預約。

예약을 확인하고 싶습니다.
ye ya geul hwa gin ha go sip seum ni da
我想確認我的預約。

예약을 취소하겠습니다.
ye ya geul chwi so ha get seum ni da
我想取消我的預約。

예약을 부탁합니다.
ye ya geul bu ta kam ni da
我想要預約。

다음주로 2박을 예약하고 싶습니다.
da eum ju ro i ba geul ye ya ka go sip seum ni da
我想預約下星期2個晚上。

트윈룸을 부탁합니다.
teu win lu meul bu ta kam ni da
請給我兩張床的雙人房。

예약한 김장미입니다.
ye ya kan gim jang mi im ni da
我是有預約的金薔薇。

예약을 했어요.
ye ya geul hae seo yo
我有預約了。

싱글룸을 예약했습니다.
sing geul lu meul ye ya kaet seum ni da
我預約了單人房。

체크인을 부탁합니다.
che keu i neul bu ta kam ni da
我要辦理入住。

지금 체크인 할 수 있습니까?
ji geum che keu in hal su it seum ni kka
現在可以入住嗎？

체크인은 몇 시부터입니까?
che keu i neun myeot si bu teo im ni kka
幾點開始可以CHECK IN？

예약을 하지 못했는데, 오늘밤 묵을 수 있습니까?
ye ya geul ha ji mot taet neun de o neul bam mu geul su it seum ni kka
我沒有預約，今天晚上可以住嗎？

싱글룸을 부탁합니다.
sing geul lu meul bu ta kam ni da
請給我單人房。

바다가 보이는 방이 좋습니다.
ba da ga bo i neun bang i jo sseum ni da
我希望是可以看到海的房間。

더블룸을 부탁합니다.
deo beul lu meul bu ta kam ni da
請給我雙人房。

숙박비는 얼마입니까 ?
suk bak bi neun eol ma im ni kka
住宿費是多少？

하루에 얼마입니까 ?
ha ru e eol ma im ni kka
一天是多少錢？

요금은 아침식사가 포함된 것입니까 ?
yo geu meun a chim sik sa ga po ham doen geo sim ni kka
這費用有包含早餐嗎？

좀 더 싼 방은 없습니까 ?
jom deo ssan bang eun eop seum ni kka
有更便宜一點的房間嗎？

방을 바꾸고 싶습니다.
bang eul ba kku go sip seum ni da
我想換房間。

좀 더 좋은 방이 있습니까 ?
jom deo jo eun bang i it seum ni kka
有更好一點的房間嗎？

귀중품을 호텔금고에 맡길 수 있습니까 ?
gwi jung pu meul ho tel geum go e mat gil su it seum ni kka
貴重物品可以放在飯店的保險櫃嗎？

이 짐을 내일 아침까지 맡아주십시오.

i ji meul nae il a chim kka ji ma ta ju sip si o

請幫我保管這個行李到明天早上。

9시에 모닝콜을 받을 수 있겠습니까?

a hop si e mo ning ko reul ba deul su it get seum ni kka

明天早上9點可以給我morning call嗎？

세탁을 부탁할 수 있습니까?

se ta geul bu ta kal su it seum ni kka

可以幫我送洗衣服嗎？

이것을 세탁소에 맡기고 싶습니다.

i geo seul se tak so e mat gi go sip seum ni da

我想把這個寄放在洗衣室。

언제 됩니까?

eon je doem ni kka

什麼時候才可以呢？

이 짐을 대만으로 보내주시겠습니까?

i ji meul dae man eu ro bo nae ju si get seum ni kka

這個行李可以寄到台灣嗎？

제게 메시지 온 것이 있습니까?

je ge me si ji on geo si it seum ni kka

有給我的留言嗎？

정말입니까?
jeong ma rim ni kka
真的嗎？

열쇠를 방에 두고 왔습니다.
yeol soe reul bang e du go wat seum ni da
我把鑰匙放在房間了。

마스터 키를 쓸 수 있을까요?
ma seu teo ki reul sseul su i seul kka yo
可以用飯店備用鑰匙開嗎？

체류를 연장하고 싶습니다.
che ryu reul yeon jang ha go sip seum ni da
我想延長停留時間。

이틀 정도 체류를 연장하고 싶습니다.
i teul jeong do che ryu reul yeon jang ha go sip seum ni da
我想延長2天。

10시에 체크아웃 하려고 합니다.
yeol si e che keu a ut ha ryeo go ham ni da
我10點的時候會check out。

지금 체크아웃을 하려고 합니다.
ji geum che keu a u seul ha ryeo go ham ni da
我現在要check out。

계산서를 주시겠습니까 ?
gye san seo reul ju si get seum ni kka
請給我帳單。

몇 시에 체크아웃 해야 돼요 ?
myeot si e che keu a ut hae ya dwae yo
請問幾點必須要退房？

환전을 어디에서 할 수 있을까요 ?
hwan jeo neul eo di e seo hal su i seul kka yo
請問哪邊可以換錢幣？

대만 돈을 원화로 교환하고 싶습니다.
dae man do neul won hwa ro gyo hwan ha go sip seum ni da
我想把台幣換成韓幣。

달러로 바꿔주십시오.
dal leo ro ba kkwo ju sip si o
請幫我換成美金。

오늘 환율은 어떻습니까 ?
o neul hwan yu reun eo tteo sseum ni kka
今天匯率是多少？

원 과 달러의 환율은 어떻습니까 ?
won gwa dal leo ui hwan yu reun eo tteo sseum ni kka
韓元對美金的匯率是多少？

잔돈으로 바꿔주십시오.
jan don eu ro ba kkwo ju sip si o
請幫我換成零錢。

계좌를 개설하고 싶습니다.
gye jwa reul gae seol ha go sip seum ni da
我想開戶頭。

보통예금 계좌를 부탁합니다.
bo tong ye geum gye jwa reul bu ta kam ni da
我想開一般儲蓄帳戶。

당좌예금 계좌를 개설하고 싶습니다.
dang jwa ye geum gye jwa reul gae seol ha go sip seum ni da
我想開活期存款帳戶。

현금을 저의계좌로 직접 입금시킬 수 있습니까 ?
hyeon geu meul jeo ui gye jwa ro jik jeop ip geum si kil su it seum ni kka
我可以直接把現金存進我的戶頭嗎？

이 계좌로 돈을 송금하고 싶습니다.
i gye jwa ro do neul song geum ha go sip seum ni da
我想匯錢到這個帳戶。

일본에 전신으로 3만 달러를 송금하고 싶습니다.

il bo ne jeon sin eu ro sam man dal leo reul song geum ha go sip seum ni da

我想電匯3萬美元到日本。

신청서에 기입해야 합니까?

sin cheong seo e gi ip pae ya hap ni kka

要寫申請書嗎？

수수료는 얼마입니까?

su su ryo neun eol ma im ni kka

手續費是多少呢？

좋은 레스토랑을 가르쳐주시겠습니까?

jo eun le seu to rang eul ga reu chyeo ju si get seum ni kka

可以介紹給我不錯的餐廳嗎？

한국식당이나 중국식당을 가르쳐주시겠습니까?

han guk sik dang i na jung guk sik dang eul ga reu chyeo ju si get seum ni kka

可以告訴我韓式或中式料理餐廳嗎？

호텔 안에 생선요리 식당이 있습니까?

ho tel a ne saeng seon yo ri sik dang i it seum ni kka

飯店裡面有海鮮料理的餐廳嗎？

가격이 적당한 레스토랑을 가르쳐주시겠습니까?
ga gyeo gi jeok dang han re seu to rang eul ga reu chyeo ju si get seup ni kka
可以跟告訴我價格比較適中的餐廳嗎？

예약할 필요가 없습니까?
ye yak hal pi ryo ga eop seum ni kka
不用預約嗎？

저녁식사는 몇 시부터입니까?
jeo nyeok sik sa neun myeot si bu teo im ni kka
晚餐幾點開始呢？

7시 반에 두 사람의 자리를 부탁합니다.
il gop si ba ne du sa ra mui ja ri reul bu ta kam ni da
我想預約7點半兩個人的位置。

4 사람의 자리를 예약하고 싶습니다.
ne sa ram ui ja ri reul ye ya ka go sip seum ni da
我想預約4個人的位置。

넥타이를 착용해야 합니까?
nek ta i reul chak yong hae ya ham ni kka
要帶領帶嗎？

정장으로 입어야 합니까?
jeong jang eu ro i beo ya ham ni kka
要穿正裝嗎？

지금 점심 식사됩니까?
ji geum jeom shim sik sa doem ni kka
現在可以吃午餐嗎？

일행이 12명인데, 자리가 있습니까?
il haeng i yeol dul myeong in de ja ri ga it seum ni kka
我們有12個人，有位置嗎？

5사람 자리가 있습니까?
da seot sa ram ja ri ga it seum ni kka
有5個人的位置嗎？

자리가 생길 때까지 기다릴까요?
ja ri ga saeng gil ttae kka ji gi da ril kka yo
要等候位置嗎？

어느 정도 기다려야 합니까?
eo neu jeong do gi da ryeo ya ham ni kka
大約要等多久？

합석해도 괜찮으십니까?
hap seok hae do gwaen chan neu sim ni kka
可以和別人一起坐嗎？

공항까지 가는 택시를 불러주세요.
gong hang kka ji ga neun taek si reul bul leo ju se yo
請幫我叫一台到機場的計程車。

경찰을 불러주세요.

gyeong cha reul bul leo ju se yo

請幫我叫警察。

구급차를 불러주시겠습니까?

gu geup cha reul bul leo ju si get seum ni kka

可以幫忙叫救護車嗎？

물체가 이중으로 보여요.

mul che ga i jung eu ro bo yeo yo

我看東西都變成兩個。

체했다.

che haet da

胃不舒服。

충치가 있어요.

chung chi ga i seo yo

我有蛀牙。

저를 병원에 데려다 주십시오.

jeo reul byeong wo ne de ryeo da ju sip si o

請送我去醫院。

약을 하루 몇 회 복용해야 합니까?

ya geul ha ru myeot hoe bok yong hae ya ham ni kka

一天要吃幾次藥？

Track 143

회복 하는데 어느 정도 걸립니까?

hoe bok ha neun de eo neu jeong do geol lim ni kka

大約要多久才能復原？

얼마나 오래 쉬어야 합니까?

eol ma na o rae swi eo ya ham ni kka

要休息多久才行？

심각하다고 생각하십니까?

shim ga ka da go saeng ga ka sim ni kka

你覺得很嚴重嗎？

전염성이 있습니까?

jeon nyeom seong i it seum ni kka

有傳染性嗎？

수술을 받아야 합니까?

su su reul ba da ya ham ni kka

要接受手術嗎？

저희 가족에게 알려 주시겠습니까?

jeo hui ga jog e ge al lyeo ju si get seum ni kka

可以告訴我的家人嗎？

제 체온은 몇도 입니까?

je che o neun myeot do im ni kka

我的體溫是幾度？

치료는 기간이 얼마나 걸리나요?
chi ryo neun gi ga ni eol ma na geol li na yo
需要多少時間治療？

이 근처에 병원이 있습니까?
i geun cheo e byeong wo ni it seum ni kka
這附近有醫院嗎？

가장 가까운 약국을 가르쳐주십시오.
ga jang ga kka un yak gu geul ga reu chyeo ju sip si o
請告訴我最近的藥局在哪裡。

의사에게 진찰을 받고 싶습니다.
ui sa e ge jin cha reul bat go sip seum ni da
我想看醫生。

병원에 데리고 가주십시오.
byeong wo ne de ri go ga ju sip si o
請帶我去醫院。

의사를 불러주십시오.
ui sa reul bul leo ju sip si o
請幫我叫醫生。

감기약을 주십시오.
gam gi ya geul ju sip si o
請給我感冒藥。

아스피린을 주십시오.
a seu pi ri neul ju sip si o
請給我阿斯匹靈。

약을 먹었기 때문에 금방 괜찮아질 거라고 생각합니다.
ya geul meo geot gi ttae mu ne geum bang gwaen cha na jil geo ra go saeng ga kam ni da
已經吃藥了，我想應該很快就會好了。

이 약은 잘 듣습니다.
i ya geun jal deut seum ni da
這藥真有效。

병이 났습니다.
byeong i nat seum ni da
病好了。

토할 것 같습니다.
to hal geot gat seum ni da
我想吐。

식욕이 없습니다.
sik yo gi eop seum ni da
沒有食慾。

숨쉬기 힘듭니다.
sum swi gi him deum ni da
呼吸困難。

감기에 걸렸습니다.
gam gi e geol lyeot seum ni da
我感冒了。

목이 아픕니다.
mo gi a peum ni da
喉嚨痛。

한가가 있습니다.
han ga ga it seum ni da
我有空。

그는 감기에 걸려서 자고 있습니다.
geu neun gam gi e geol lyeo seo ja go it seum ni da
他感冒了所以在睡覺。

감기가 나았습니다.
gam gi ga na at seum ni da
感冒好了。

열이 있습니까?
yeo ri it seum ni kka
有發燒嗎？

열이 조금 있습니다.
yeo ri jo geum it seum ni da
有一點發燒。

열이 있는 것 같습니다.
yeo ri it neun geot gat seum ni da
好像有發燒。

고열이 있습니다.
go yeo ri it seum ni da
發高燒了。

두통이 있습니다.
du tong i it seum ni da
頭痛。

머리가 무겁습니다.
meo ri ga mu geop seum ni da
頭重重的。

배 아파요.
bae a pa yo
肚子痛。

설사를 하고 있습니다.
seol sa reul ha go it seum ni da
我拉肚子了。

배가 심하게 아픕니다.
bae ga shim ha ge a peum ni da
肚子痛得很厲害。

허리가 아파요.
heo ri ga a pa yo
腰痛。

어깨가 결립니다.
eo kkae ga gyeol lim ni da
肩膀僵硬。

몸 상태가 나빠요.
mom sang tae ga na ppa yo
身體狀況不好。

어지러워요.
eo ji reo woe yo
好暈喔。

빈혈입니다.
bin hyeo rim ni da
我貧血。

코피가 납니다.
ko pi ga nam ni da
流鼻血了。

그는 피 났어요.
geu neun pi na seo yo
他流血了。

혈압이 높다.
hyeol a bi nop da
血壓很高。

나는 혈압이 높습니다.
na neun hyeol a bi nop seum ni da
我有高血壓。

고혈압입니다.
go hyeol ap im ni da
有高血壓。

변비입니다.
byeon bi im ni da
便祕。

꽃가루 알레르기입니다.
kkot ga ru al le reu gi im ni da
我對花粉過敏。

숙취입니다.
suk chwi im ni da
宿醉。

안됐군요.
an dwaet gun yo
太糟了。

몸조심 하십시오.
mom jo shim ha sip si o
請保重身體。

빨리 회복되기를 바랍니다.
ppal li hoe bok doe gi reul ba ram ni da
希望你早日康復。

건강하십시오.
geon gang ha sip si o
祝你健康。

빨리 나았으면 좋겠습니다.
ppal li na a seu myeon jo ket seum ni da
如果能趕快好就好了。

빨리 낫기를 기도 드리겠습니다.
ppal li nat gi reul gi do deu ri get seum ni da
我為你禱告早日康復。

건강 하시기를 빕니다.
geon gang ha si gi reul bim ni da
願你健康。

어디 아파?
eo di a pa
哪裡痛?

몸이 괜찮아요?
mo mi gwaen cha na yo
你身體還好嗎?

아픈데 없어요?
a peun de eop seo yo
有沒有哪邊痛?

다 나았어요.
da na a seo yo
完全康復了。

잘됐어요.
jal dwae seo yo
太好了。

다행이다.
da haeng i da
太好了／幸好。

안녕! 몸 건강히 지내 !
an nyeong mom geon gang hi ji nae
掰掰！保重身體喔！

몸조심 하세요.
mom jo shim ha se yo
請保重身體。

第五篇

坐車問路

화장실은 어디입니까?
hwa jang si reun eo di im ni kka
化妝室在哪裡？

시내에 내려주실 수 있습니까?
si nae e nae ryeo ju sil su it seum ni kka
我可以在市區下車嗎？

죄송합니다만, 명동에 도착하면 좀 알려주세요.
joe song ham ni da man myeong dong e do cha ka myeon jom al lyeo ju se yo
不好意思，到明洞的時候請跟我說一聲。

동대문에 어떻게 가요?
dong dae mu ne eo tteo ke ga yo
去東大門要怎麼走？

압구정으로 가주세요.
ap gu jeong eu ro ga ju se yo
請到狎鷗亭。

어디서 버스를 타야 합니까?
eo di seo beo seu reul ta ya ham ni kka
要在哪裡搭巴士？

이쪽에서 버스를 타세요.
i jjo ge seo beo seu reul ta se yo
請在這邊搭巴士。

동전이 부족합니다.

dong jeo ni bu jok ham ni da

我零錢不夠。

신호를 보세요.

sin ho reul bo se yo

請看紅綠燈。

무단횡단 하지 마세요.

mu dan hoeng dan ha ji ma se yo

請不要闖紅燈。

길을 건너가자.

gi reul geon neo ga ja

過馬路吧。

차 한 대도 없어요.

cha han dae do eop seo yo

一輛車都沒有。

얼마나 멉니까 ?

eol ma na meom ni kka

多遠？

얼마나 깁니까 ?

eol ma na gim ni kka

多長？

얼마나 오래 걸립니까?
eol ma na o rae geol lim ni kka
多久？

잘 이해가 안 갑니다.
jal i hae ga an gam ni da
聽不太懂。

미안합니다. 이해하지 못했습니다.
mi an ham ni da i hae ha ji mot taet seum ni da
不好意思。我聽不懂。

길을 잃었어요.
gi reul i reo seo yo
我迷路了。

걸을 수 있는 거리입니까?
geo reul su it neun geo ri im ni kka
是走得到的距離嗎？

택시를 타야 합니까?
taek si reul ta ya ham ni kka
必需要搭計程車嗎？

김포공항으로 가면 얼마예요?
gim po gong hang eu ro ga myeon eol ma ye yo
到金浦機場要多少錢？

가장 가까운 지하철 역은 어디에 있습니까 ?
ga jang ga kka un ji ha cheol ryeo geun eo di e it seum ni kka
離這裡最近的捷運站在哪裡？

얼마나 연착됩니까 ?
eol ma na yearn chak doem ni kka
延遲多久？

이 열차는 여기서 얼마 동안 정차합니까 ?
i yeol cha neun yeo gi seo eol ma dong an jeong cha ham ni kka
這班列車會在這邊停多久？

이 자리는 예약이 되었습니까 ?
i ja ri neun ye ya gi doe eot seum ni kka
這個位置有人預約了嗎？

어디서 열차를 갈아타야 합니까 ?
eo di seo yeol cha reul ga ra ta ya ham ni kka
我要在哪裡轉車？

창문을 좀 열어도 될까요 ?
chang mu neul jom yeo reo do doel kka yo
我可以開一下窗嗎？

지금 어디를 통과하고 있습니까 ?
ji geum eo di reul tong gwa ha go it seum ni kka
現在經過的是哪裡？

열차를 갈아타야 합니까?

yeol cha reul ga ra ta ya ham ni kka

必須要轉車嗎？

어느 정거장에서 내려야 합니까?

eo neu jeong geo jang e seo nae ryeo ya ham ni kka

我應該在哪一站下車？

여기서 그곳에까지 어떻게 갑니까?

yeo gi seo geu go se kka ji eo tteo ke gam ni kka

從這裡到那邊要怎麼走？

시간이 많지 않아요.

si ga ni man chi a na yo

時間不多了。

안전띠를 매주세요.

an jeon tti reul mae ju se yo

請繫安全帶。

앞 좀 보고 다녀.

ap jom bo go da nyeo

看前面。

모두 타십시오!

mo du ta sip si o

大家都上車！

지하철역으로 가는 길을 가르쳐주시겠습니까?
ji ha cheol yeo geu ro ga neun gi reul ga reu chyeo ju si get seum ni kka
可以告訴我怎麼去搭捷運嗎？

동대문으로 가는 길을 가르쳐주시겠습니까?
dong dae mu neu ro ga neun gi reul ga reu chyeo ju si get seum ni kka
可以告訴我怎麼去東大門嗎？

이 길이 홍대로 가는 길입니까?
i gi ri hong dae ro ga neun gi rim ni kka
這條路是去弘大的路嗎？

이 길로 가면 됩니까?
i gil lo ga myeon doem ni kka
走這條路就對了嗎？

극장은 어디로 가야 하나요?
geuk jang eun eo di ro ga ya ha na yo
去劇場要怎麼走？

비행기를 놓쳤습니다.
bi haeng gi reul no chyeot seum ni da
我錯過飛機了。

화장실은 사용 중입니까 ?
hwa jang si reun sa yong jung im ni kka
化妝室有人嗎？

비행시간은 어느 정도입니까 ?
bi haeng si ga neun eo neu jeong do im ni kka
飛行時間多約是多久？

이 비행기에서는 식사서비스가 있습니까 ?
i bi haeng gi e seo neun sik sa seo bi seu ga it seum ni kka
這飛機有提供餐點嗎？

잡지나 읽을거리가 있습니까 ?
jap ji na il geul geo ri ga it seum ni kka
有雜誌或一些可以閱讀的東西嗎？

한국신문은 있습니까 ?
han guk sin mu neun it seum ni kka
有韓國報紙嗎？

물을 주시겠습니까 ?
mu reul ju si get seum ni kka
可以給我水嗎？

담요를 주시겠습니까 ?
dam nyo reul ju si get seum ni kka
可以給我毯子嗎？

기분이 좋지 않아요.

gi bu ni jo chi a na yo

我心情不好。

거기에 가려면 지하철을 타야 합니까 ? 아니면 버스를 타야 합니까 ?

geo gi e ga ryeo myeon ji ha cheo reul ta ya ham ni kka a ni myeon beo seu reul ta ya ham ni kka

到那邊要搭地鐵嗎？還是要搭巴士？

버스 와 택시 중 무엇으로 가는 것이 좋습니까 ?

beo seu wa taek si jung mu eo seu ro ga neun geo si jo sseum ni kka

搭巴士或計程車哪個好？

지하철 외에 다른 것으로 가는 방법이 있습니까 ?

ji ha cheol oe e da reun geo seu ro ga neun bang beo bi it seum ni kka

除了搭捷運還有別的方法可以去嗎？

여기서부터 거기까지 버스가 다니고 있습니까 ?

yeo gi seo bu teo geo gi kka ji beo seu ga da ni go it seum ni kka

這邊有去那裏的巴士嗎？

실례합니다. 티켓은 어디에서 사는 겁니까 ?

sil lye ham ni da ti ke seun eo di e seo sa neun geom ni kka

不好意思。票要在哪裡買？

부산까지 1장 주십시오.
bu san kka ji han jang ju sip si o
一張到釜山的票。

이 자동판매기 의 사용법을 가르쳐주시겠습니까 ?
i ja dong pan mae gi ui sa yong beo beul ga reu chyeo ju si get seum ni kka
可以教我怎麼用這個自動販賣機嗎？

대구까지 의 티켓은 얼마입니까 ?
dae gu kka ji ui ti ke seun eol ma im ni kka
到大邱的票要多少？

편도운임은 얼마입니까 ?
pyeon do un i meun eol ma im ni kka
單程票是多少？

왕복운임은 얼마입니까 ?
wang bok un im eun eol ma im ni kka
來回票是多少？

급행운임은 얼마입니까 ?
geup haeng un i meun eol ma im ni kka
快速列車是多少？

서울행열차는 몇 시에 출발합니까 ?
seo wool haeng yeol cha neun myeot si e chul bal ham ni kka
請問去首爾的車是幾點出發？

마지막 전차는 몇 시에 출발합니까 ?
ma ji mak jeon cha neun myeot si e chul bal ham ni kka
最後一班電車是幾點出發？

마지막 지하철은 몇 시에 출발합니까 ?
ma ji mak ji ha cheo reun myeot si e chul bal ham ni kka
最後一班捷運是幾點出發？

그 열차 시간에 맞게 도착할 수 있을까요 ?
geu yeol cha si ga ne mat ge do chak hal su i seul kka yo
火車會準時到嗎？

마지막 열차를 탈 수 있을까요 ?
ma ji mak yeol cha reul tal su i seul kka yo
我可以搭最後一班列車嗎？

배로 부산에서 일본까지는 몇 시간 걸립니까 ?
bae ro bu san e seo il bon kka ji neun myeot si gan geol lim ni kka
從釜山搭船到日本時間要多久？

인천공항으로 버스는 어디서 탑니까 ?
in cheon gong hang eu ro beo seu neun eo di seo tam ni kka
請問去仁川機場的巴士要在哪裡搭？

실례합니다만, 춘천행 버스는 어느 것입니까 ?
sil lye ham ni da man chun cheon haeng beo seu neun eo neu geo sim ni kka
不好意思，請問去春川的巴士是哪一台？

어느 버스를 타야 합니까?
eo neu beo seu reul ta ya ham ni kka
要搭哪一台巴士？

이 차는 김포공항에 갑니까?
i cha neun gim po gong hang e gam ni kka
這車會到金浦機場嗎？

그곳에 가려면 몇 번갈아 타야 합니까?
geu go se ga ryeo myeon myeot beon ga ra ta ya ham ni kka
要去這地方要轉幾次車？

어디에서 갈아타야 하는지 가르쳐주시겠습니까?
eo di e seo ga ra ta ya ha neun ji ga reu chyeo ju si get seum ni kka
可以告訴我要在哪裡轉乘嗎？

여기가 어디입니까?
yeo gi ga eo di im ni kka
這裡是哪裡？

가장 가까운 지하철역은 어디에 있습니까?
ga jang ga kka un ji ha cheol yeo geun eo di e it seum ni kka
請問最近的捷運站在哪裡？

공중전화가 어디에 있습니까?
gong jung jeon hwa ga eo di e it seum ni kka
請問哪裡有公共電話？

약도를 좀 그려주시겠습니까?
yak do reul jom geu ryeo ju si get seum ni kka
可以畫地圖給我嗎？

경찰관에게 물어보시는 편이 좋겠습니다.
gyeong chal gwan e ge mu reo bo si neun pyeo ni jo ket seum ni da
問一下警察局比較好。

당신의 친절에 정말 감사 드립니다.
dang sin ui chin jeo re jeong mal gam sa deu rim ni da
謝謝您這麼親切。

이쪽으로 쭉~~~가시면 돼요.
i jjo geu ro jjuk ga si myeon dwae yo
往這邊一～～～直走就可以了。

미술관 어떻게 가는지 아세요?
mi sul gwan eo tteo ke ga neun ji a se yo
你知道要怎麼去美術館嗎?

몰라요.
mol la yo
不知道。

잘 몰라요.
jal mol la yo
不清楚。

나도 몰라요.
na do mol la yo
我也不知道。

화장실까지 데려다 주세요.
hwa jang sil kka ji de ryeo da ju se yo
請帶我去化妝室。

거기에 가는 길을 알려 주십시오.
geo gi e ga neun gi reul al lyeo ju sip si o
請告訴我怎麼去那裡。

관광 안내소에 가는 길을 가르쳐 주세요.
gwan gwang an nae so e ga neun gi reul ga reu chyeo ju se yo
請告訴我怎麼去觀光諮詢處。

이 레스토랑의 주소를 가르쳐 주세요.
i re seu to rang ui ju so reul ga reu chyeo ju se yo
請告訴我這家餐廳的地址。

다시 한번 말씀해주세요.
da si han beon mal sseum hae ju se yo
請再說一次。

다음달 공연 예정을 알고 싶습니다.
da eum dal gong yeon ye jeong eul al go sip seum ni da
我想知道下個月表演的時間表。

第六篇

天南地北聊一聊

민망하네.
min mang ha ne
好悶。／有點害羞。／真過意不去。

애완동물 기르시는 거 있으세요？
ae wan dong mul gi reu si neun geo i seu se yo
你有養寵物嗎？

네, 있어요.
ne i seo yo
有。

고양이 기르고 있어요.
go yang i gi reu go i seo yo
我有養貓。

고향이 어디예요？
go hyang i eo di ye yo
貓咪在哪裡？

아까 나는 개를 산책시키러 갔어요.
a kka na neun gae reul san chaek si ki reo ga seo yo
我剛剛去遛狗了。

이 개는 사람을 물어요？
i gae neun sa ra meul mu reo yo
這狗會咬人嗎？

모기가 나를 물었다.
mo gi ga na reul mu reot da
蚊子咬我。

무슨 일이니 ?
mu seun i ri ni
發生什麼事了？

어디 다친 데는 없으세요 ?
eo di da chin de neun eop seu se yo
你沒有受傷吧？

다쳤어요.
da chyeo seo yo
我受傷了。

나 다칠 뻔했다.
na da chil ppeon haet da
我差點受傷。

큰일 났다.
keun il lat da
糟糕了。

큰일 날 뻔했다.
keun il lal ppeon haet da
差點出大事。

나는 물에 빠졌어요.

na neun mu re ppa jyeo seo yo

我溺水了。

수영 못해 !

su yeong mot tae

我不會游泳。

다리에 쥐가 났어요.

da ri e jwi ga na seo yo

我腳抽筋了。

살려줘.

sal lyeo jwo

救我。

물에 빠질 뻔했다.

mu re ppa jil ppeon haet da

差點溺水。

그는 뭐라고 했어요 ?

geu neun mwo ra go hae seo yo

他剛剛說什麼？

보통 휴가데 뭐하세요 ?

bo tong hyu ga de mwo ha se yo

平常休假時你都做什麼？

게임 해요 ?
ge im hae yo
你有在打電玩嗎？

인터넷 게임 해요 ?
in teo net ge im hae yo
你有在打線上遊戲嗎？

군대 가봤어요 ?
gun dae ga bwa seo yo
你當過兵了嗎？

나 내일 군대에 간다.
na nae il gun dae e gan da
我明天要入伍了。

어떤 운동을 좋아해요 ?
eo tteon un dong eul jo a hae yo
你喜歡什麼運動？

월급은 많죠 ?
wol geu beun man chyo
你薪水很多吧？

월급이 어느 정도 되죠 ?
wol geu bi eo neu jeong do doe jyo
你薪水大約有多少？

대단한 일은 아니지만 월급은 괜찮아.
dae dan han i reun a ni ji man wol geu beun gwaen cha na
雖然不是很厲害的工作但是薪水還可以。

바로 드릴게요.
ba ro deu ril ge yo
馬上給您。

바로 보내 드릴게요.
ba ro bo nae deu ril ge yo
馬上寄給您。

내일 드리겠습니다.
nae il deu ri get seum ni da
明天寄給您。

최대한 빠르게 보내 드릴게요.
choe dae han ppa reu ge bo nae deu ril ge yo
我盡快寄給您。

첨부된 이미지를 확인해 주세요.
cheom bu doen i mi ji reul hwak gin hae ju se yo
請看附加的圖檔。

빠른 답변 부탁 드립니다.
ppa reun dap byeon bu tak deu rim ni da
希望能很快收到您的回信。

이메일을 확인해 주세요.

i me i reul hwak gin hae ju se yo

請確認電子郵件。

복사해주세요.

bok sa hae ju se yo

請幫我影印。

매우 편리할 것이라고 생각합니다.

mae u pyeon li hal geo si ra go saeng ga kam ni da

我覺得很方便。

내일 날씨가 좋다고 생각합니다.

nae il nal ssi ga jo ta go saeng ga kam ni da

我覺得明天天氣會很好。

만날 수 있으면 좋겠습니다.

man nal su i seu myeon jo ket seum ni da

如果能見面就好了。

그렇게 많은 돈이 있었으면 좋겠어요.

geu reo ke ma neun do ni i seo seu myeon jo ke seo yo

如果有那麼多錢就好了。

알려주세요.

al lyeo ju se yo

請告訴我。

연세 많으신 분에게 자리를 양보했다.
yeon se ma neu sin bu ne ge ja ri reul yang bo haet da
我讓位給年紀較大的人了。

자리를 양보하시는 것이 어떠세요 ?
ja ri reul yang bo ha si neun geo si eo tteo se yo
請讓位可以嗎？

다음에는 저를 데려가 주세요.
da eu me neun jeo reul de ryeo ga ju se yo
下次請帶我去喔。

호랑이 굴에 들어가야 호랑이를 잡는다.
ho rang i gu re deu reo ga ya ho rang i reul jam neun da
不入虎穴，焉得虎子。

돈은 문제가 안됩니다.
do neun mun je ga an doem ni da
錢不是問題。

원하는 건 뭐든지 사줄게.
won ha neun geon mwo deun ji sa jul ge
你要什麼，我都買給你。

갖고 싶은 거 말만해.
gat go si peun geo mal man hae
你想要什麼儘管說。

저는 어학원에서 한국어를 공부하고 있어요.

jeo neun eo hak won e seo hang gu geo reul gong bu ha go i seo yo

我在語學院學韓語。

무슨 일이 있었는지 얘기해 주겠니？

mu seun i ri i seot neun ji yae gi hae ju get ni

告訴我發生了什麼事好嗎？

한국생활이 어떻습니까？

han guk saeng hwa ri eo tteo sseum ni kka

在韓國生活得如何？

싸우지마.

ssa u ji ma

不要吵架。

우리 서로 용서하자.

u ri seo ro yong seo ha ja

我們互相原諒吧。

우리 화해하자.

u ri hwa hae ha ja

我們和好吧。

악수하자.

ak su ha ja

我們握手吧。

나는 가끔 향수를 느낀다.
na neun ga kkeum hyang su reul leu kkin da
我常常思鄉。

심심할 때는 무엇을 하십니까 ?
shim shim hal ttae neun mu eo seul ha sim ni kka
無聊的時候你都做什麼？

당신의 제안을 대표님께 말씀 드렸습니까 ?
dang sin ui je a neul dae pyo nim kke mal sseum deu ryeot seum ni kka
你的提議有跟董事長提過嗎？

저는 미국에서 태어났고 17살 때 서울로 이사 왔습니다.
jeo neun mi gu ge seo tae eo nat go yeol il gop sal ttae seo wool ro i sa wat seum ni da
我在美國出生，17歲時搬來首爾。

그는 모든 자질을 다 갖추고 있습니다.
geu neun mo deun ja ji reul da gat chu go it seum ni da
他具備所有的資質。

고생 끝에 빛이 보입니다.
go saeng kkeu te bi chi bo im ni da
柳暗花明又一村。（字義：在辛苦的盡頭會看到光。）

취직이 되면 좋겠습니다.
chwi ji gi doe myeon jo ket seum ni da
如果能找到工作就好了。

1등 상을 받았습니다.
il deung sang eul ba dat seum ni da
我得到第一名的獎賞。

상을 받았다고 들었습니다.
sang eul ba dat da go deu reot seum ni da
聽說你的得獎了。

어젯밤 축구 경기는 어느 팀이 이겼어요 ?
eo jet bam chuk gu gyeong gi neun eo neu ti mi i gyeo seo yo
昨天足球比賽哪一隊贏了？

비를 좀 맞았어요.
bi reul jom ma ja seo yo
我淋雨了。

휴가는 물 건너갔군.
hyu ga neun mul geon neo gat gun
我的休假泡湯了。

운동 하러 갈까 생각 중이에요.
un dong ha reo gal kka saeng gak jung i e yo
我正在想要不要出去運動。

헌 차는 갖고 있을 거야.
heon cha neun gat go i seul geo ya
他的車應該是舊車吧？

가장 좋아하는 가수는 누구 입니까？
ga jang jo a ha neun ga su neun nu gu im ni kka
你最喜歡的歌手是誰？

빨리 말해줘！
ppal li mal hae jwo
趕快跟我說。

그는 말하는데 조심스럽습니다.
geu neun mal ha neun de jo shim seu reop seum ni da
他說話很小心。

내일 모임이 있어요.
nae il mo im i i seo yo
明天有聚會。

한국에 갈 준비 다 됐습니까？
han gu ge gal jun bi da dwaet seum ni kka
去韓國的準備都好了嗎？

도서관에서 책을 빌렸다.
do seo gwan e seo chae geul bil lyeot da
我在圖書館借了書。

저쪽 구석에 서 있는 저 남자 누구야?
jeo jjok gu seo ge seo it neun jeo nam ja nu gu ya
站在那個角落的男生是誰？

그는 내 친구의 동생이야.
geu neun nae chin gu ui dong saeng i ya
他是我朋友的弟弟。

나는 복권을 샀다.
na neun bok gwo neul sat da
我買了彩券。

복권에 당첨 됐습니다.
bok gwon e dang cheom dwaet seum ni da
我中了彩卷了！

그 돈으로 뭘 하고 싶어요?
geu do neu ro mwol ha go si peo yo
那些錢你想拿來做什麼？

안도의 한숨을 쉬었습니다.
an do ui han su meul swi eot seum ni da
鬆了一口氣。

교대 근무를 합니다.
gyo dae geun mu reul ham ni da
我做輪班的工作。

야간조 근무 입니다.
ya gan jo geun mu im ni da
我是做大夜班的。

주간조 근무 입니다.
ju gan jo geun mu im ni da
我是白天班。

말꼬리 돌리지 마세요.
mal kko ri dol li ji ma se yo
說話不要繞圈子。

경기장에서 축구를 관람해 봤어요?
gyeong gi jang e seo chuk gu reul gwan lam hae bwa seo yo
你有去現場看過足球嗎？

그런 식으로는 안됩니다.
geu reon si geu ro neun an doem ni da
那樣子是不行的。

내 말 끝까지 들어봐요.
nae mal kkeut kka ji deu reo bwa yo
先聽完我的話吧。

혈액형은 뭐예요?
hyeol aek hyeong eun mwo ye yo
你的血型是什麼？

별자리는 뭐예요?
byeol ja ri neun mwo ye yo
你的星座是什麼？

취미는 뭐예요?
chwi mi neun mwo ye yo
你的興趣是什麼？

텔레비전 그렇게 많이 보지마.
tel le bi jeon geu reo ke ma ni bo ji ma
不要看那麼多電視。

자동 판매기에서 커피 한 잔 뽑아 먹으려고 합니다만 동전이 부족합니다.
ja dong pan mae gi e seo keo pi han jan ppo ba meo geu ryeo go ham ni da man dong jeo ni bu jok ham ni da
我想說去自動販賣機買一杯咖啡來喝，結果零錢不夠。

그는 종일 TV만 보는 게으름쟁이다.
geu neun jong il TV man bo neun ge eu reum jaeng i da
他是整天都在看電視的懶惰鬼。

제일 좋아하는 사람은 누구입니까?
je il jo a ha neun sa ra meun nu gu im ni kka
你最喜歡的人是誰？

두 번째로 좋아하는 사람은 누구입니까 ?
du beon jjae ro jo a ha neun sa ra meun nu gu im ni kka
第二喜歡的是誰？

제 차를 어디에다 주차해야 하나요 ?
je cha reul eo di e da ju cha hae ya ha na yo
我的車應該要停在哪裡？

시험에서 부정 행위 하지 마요.
si heo me seo bu jeong haeng wi ha ji ma yo
考試不要作弊。

너는 머리회전이 정말 빠르다.
neo neun meo ri hoe jeo ni jeong mal ppa reu da
你腦筋轉得真快。

서로 잘 알라요.
seo ro jal ral la yo
互相很了解。

외출금지야.
oe chul geum ji ya
禁止外出。

결혼했습니다.
gyeol hon haet seum ni da
我結婚了。

아이가 있어요?
a i ga i seo yo
有小孩嗎？

임신했어요.
im sin hae seo yo
我懷孕了。

그는 겁쟁이다.
geu neun geop jaeng i da
他是膽小鬼。

정신과 리크의 게임에서 누가 이겼어요?
jeong sin gwa ri keu ui ge im e seo nu ga i gyeo seo yo
正信和瑞克玩遊戲誰贏了？

사용법 좀 가르쳐 주세요.
sa yong beop jom ga reu chyeo ju se yo
請教我一下使用方法。

이 엘리베이터는 홀수 층 전용 입니다.
i el li be i teo neun hol su cheung jeon yong im ni da
這台電梯只停單數層樓。

이 엘리베이터는 짝수 층 전용 입니다.
i el li be i teo neun jjak su cheung jeon yong im ni da
這台電梯只停雙數層樓。

새해 결심대로 생활하고 입니까?
sae hae gyeol shim dae ro saeng hwal ha go im ni kka
你有按照新年的新決心生活嗎？

그는 게임에서 참패했다.
geu neun ge i me seo cham pae haet da
他在比賽中慘敗。

그는 수업을 빼 먹었습니다.
geu neun su eo beul ppae meo geot seum ni da
他翹課。

누군가 나를 미행하고 있다.
nu gun ga na reul mi haeng ha go it da
有人在跟蹤我。

그 개가 달아났어요.
geu gae ga da ra na seo yo
那隻狗逃跑了。

생각났어요!
saeng gak na seo yo
我想起來了！

끝났어요.
kkeut na seo yo
完了。

그는 화가 났어요.
geu neun hwa ga na seo yo
他生氣了。

당신 얼굴은 내 사촌 오빠랑 닮았어요.
dang sin eol gu reun nae sa chon o ppa rang dal ma seo yo
你的臉長得跟我的表哥好像。

당신 얼굴은 어떤 배우랑 닮았어요.
dang sin eol gu reun eo tteon bae u lang dal ma seo yo
你的臉長得跟某個演員好像。

무엇을 찾고 계십니까?
mu eo seul chat go gye sim ni kka
你在找什麼？

그 수감자는 탈옥했다.
geu su gam ja neun tal ok haet da
那個囚犯逃獄了。

왜 우산을 가지고 있죠?
wae u sa neul ga ji go it jyo
為什麼帶著雨傘？

회의에 모두 다 참석 했나요?
hoe ui e mo du da cham seok haet na yo
大家都有參與會議了嗎？

이 개가 무슨 종 입니까 ?
i gae ga mu seun jong im ni kka
這是什麼品種的狗？

경기는 처음부터 끝까지 박진감이 넘쳤습니다.
gyeong gi neun cheo eum bu teo kkeut kka ji bak jin gami neom chyeot seum ni da
比賽從頭到尾都很精彩。

게임은 지루했다.
ge i meun ji ru haet da
遊戲很無聊。

음높이가 맞지 않아요.
eum no pi ga mat ji a na yo
音不準。

다시 만나기를 학수고대 하겠습니다.
da si man na gi reul hak su go dae ha get seum ni da
我引領期盼能再次見到您。

제가 방해하고 있나요 ?
je ga bang hae ha go it na yo
我有沒有打擾到你？

제 의도는 그것이 아니었습니다.
je ui do neun geu geo si a ni eot seum ni da
我的用意不是那樣。

다음에 시정하겠습니다.
da eu me si jeong ha get seum ni da
我會改進的。

알겠습니까？
al get seum ni kka
明白嗎？

연락하겠습니다.
yeon ra ka get seum ni da
我會連絡的。

이것을 옮기는 것을 도와주실 수 있습니까？
i geo seul om gi neun geo seul do wa ju sil su it seum ni kka
可以幫我搬這個嗎？

허가를 거치지 않으면 옮기는 것을 엄금한다.
heo ga reul geo chi ji a neu myeon om gi neun geo seul eom geum han da
未經允許，嚴禁轉載。

이 편지를 대신 부쳐주시겠습니까？
i pyeon ji reul dae sin bu chyeo ju si get seum ni kka
可以幫我寄這封信嗎？

이 문제를 해결하는 데 도와주시겠습니까？
i mun je reul hae gyeol ha neun de do wa ju si get seum ni kka
可以幫我解決這個問題嗎？

안개가 자욱해집니다.
an gae ga ja u kae jim ni da
起霧了。

내일은 밝은 하루가 될 것 입니다.
nae i reun bal geun ha ru ga doel geot sim ni da
明天會是晴朗的天氣。

태풍이 올지 안 올지 궁금합니다.
tae pung i ol ji an ol ji gung geum ham ni da
不知道颱風會不會來。

날씨가 어떨 것 같습니까?
nal ssi ga eo tteol geot gat seum ni kka
天氣會如何呢？

내일 날씨는 어떨까요?
nae il nal ssi neun eo tteol kka yo
明天的天氣會如何呢？

일기예보에서 내일은 맑을 거래요.
il gi ye bo e seo nae i reun mal geul geo rae yo
天氣預報說明天會是晴朗的天氣。

저녁에는 조금 추울지도 몰라요.
jeo nyeo ge neun jo geum chu wool ji do mol la yo
晚上說不定會變冷。

두꺼운 옷을 하나 가져가세요.
du kkeo un o seul ha na ga jyeo ga se yo
帶一件厚的衣服吧。

의심스럽습니다.
ui shim seu reop seum ni da
我好懷疑。

나는 내일 날씨가 좋을지 어떨지 의심스럽습니다.
na neun nae il nal ssi ga jo eul ji eo tteol ji ui shim seu reop seum ni da
真懷疑明天天氣會不會很好。

누가 알겠는가？
nu ga al get neun ga
誰知道？

비가 와요.
bi ga wa yo
下雨了。

다이페이 의 날씨는 어때요？
da i pe i ui nal ssi neun eo ttae yo
台北的天氣如何？

비가 내려요.
bi ga nae ryeo yo
下雨。

바람이 불어요.
ba ra mi bu reo yo
颳風了。

춥고 눅눅한 날씨예요.
chup go nuk nuk han nal ssi ye yo
濕冷的天氣。

비가 많이 내리는 기후이다.
bi ga ma ni nae ri neun gi hu i da
雨下很多的氣候。

여름에 날씨가 더워요.
yeo reu me nal ssi ga deo woe yo
夏天的天氣很熱。

날씨는 춥고 궂었다.
nal ssi neun chup go gu jeot da
天氣又冷又濕。

내 셔츠는 완전히 젖어 있었다.
nae syeo cheu neun wan jeon hi jeo jeo i seot da
我的T恤全濕了。

그의 머리는 아직 젖은 채 물이 뚝뚝 떨어졌다.
geu ui meo ri neun a jik jeo jeun chae mu ri ttuk ttuk tteo reo jyeot da
他的頭髮還濕濕的，有水滴下來。

비에 옷이 다 젖었어요.
bi e o si da jeo jeo seo yo
因為下雨衣服都淋濕了。

아직 마르지 않은 페인트입니다.
a jik ma reu ji a neun pe in teu im ni da
油漆未乾。

얼마나 오래 연기되겠습니까?
eol ma na o rae yeon gi doe get seum ni kka
要延期多久呢？

3년은 긴 세월이 아닙니다.
sam nyeo neun gin se wo ri a nim ni da
3年不是很長的歲月。

수고하지 않고 무엇을 얻으랴!
su go ha ji an ko mu eo seul eo deu rya
不辛苦會有什麼收穫嗎？

천천히 그리고 꾸준히 하는 자가 경주에서 이긴다.
cheon cheon hi geu ri go kku jun hi ha neun ja ga gyeong ju e seo i gin da
慢慢且持續做的人最終在競賽中勝利了。

건강은 최고의 재산이다.
geon gang eun choe go ui jae san i da
健康就是最棒的財富。

Track 189

무소식이 희소식이다.
mu so si gi hui so si gi da
沒消息就是好消息。

꽃이 피었다.
kko chi pi eot da
花開了。

겨울이 가고 봄이 왔다.
gyeo u ri ga go bo mi wat da
冬天去了，春天來了。

내 시계는 5분이 늦다.
nae si gye neun o bu ni neut da
我的手錶慢5分鐘。

봄에는 아름다운 꽃들이 핀다.
bo me neun a reum da un kkot deu ri pin da
春天美麗的花會開。

우리 학급의 모든 학생들은 열심히 공부한다.
u ri hak geub ui mo deun hak saeng deu reun yeol shim hi gong bu han da
我們班的所有學生都很努力讀書。

그는 자기 아들을 의사가 되게 했다.
geu neun ja gi a deu reul ui sa ga doe ge haet da
他讓自己的兒子成為了醫師。

그녀는 고양이를 매우 좋아한다.
geu nyeo neun go yang i reul mae u jo a han da
她很喜歡貓。

어제 당신과 닮은 사람을 보았어요.
eo je dang sin gwa dal meun sa ra meul bo a seo yo
我昨天看到跟你很像的人。

런던은 영국의 수도이다.
reon deo neun yeong gu gui su do i da
倫敦是英國的首都。

이 산은 매우 높다.
i sa neun mae u nop da
這座山很高。

해는 동쪽에서 뜬다.
hae neun dong jjo ge seo tteun da
太陽從東邊升起。

탁자 밑에 있는 고양이는 자고 있다.
tak ja mi te it neun go yang i neun ja go It da
桌子下的貓咪在睡覺。

너와 나는 좋은 친구이다.
neo wa na neun jo eun chin gu i da
你跟我是好朋友。

그는 개를 한 마리 기른다.
geu neun gae reul han ma ri gi reun da
他養了一隻狗。

피아노를 치는 것은 어려워요？
pi a no reul chi neun geo seun eo ryeo woe yo
彈鋼琴難嗎？

그는 말을 너무 빠르게 해요.
geu neun ma reul neo mu ppa reu ge hae yo
他講話很快。

책상 위에 있는 시계는 내 것이다.
chaek sang wi e it neun si gye neun nae geo si da
桌上的手錶是我的。

팀은 어제 나를 만나러 왔다.
ti meun eo je na reul man na reo wat da
Tim昨天來找我。

나는 저녁식사 후에 뉴스를 본다.
na neun jeo nyeok sik sa hu e nu seu reul bon da
我晚餐後看新聞。

토끼는 빠른 동물이다.
to kki neun ppa reun dong mu ri da
兔子是很快的動物。

그렇게 빨리 말하지 마라.
geu reo ke ppal li mal ha ji ma ra
不要講那麼快。

나는 일요일마다 공원을 산책한다.
na neun i ryo il ma da gong wo neul san chae kan da
我每星期一會在公園散步。

새들은 하늘에서 높이 날아다닌다.
sae deu reun ha neu re seo no pi na ra da nin da
鳥在天空中飛來飛去。

풀어주세요.
pu reo ju se yo
幫我解開。

이 집은 그의 소유이다.
i ji beun geu ui so you i da
這棟房子是他的。

겨울은 가을 다음에 온다.
gyeo u reun ga eul da eu me on da
冬天跟在秋天之後來臨。

내가 돌아온 뒤에 당신을 만나겠다.
nae ga do ra on dwi e dang si neul man na get da
我回來之後會跟你見面。

Track 193

그는 일찍 도착했다.
geu neun il jjik do cha kaet da
他很早就到了。

그 가지를 꺾지 마시오.
geu ga ji reul kkeok ji ma si o
請不要折斷那樹枝。

잡초를 뽑아요.
jap cho reul ppo ba yo
拔雜草。

오늘 작업할게요.
o neul ja geop pal ge yo
我今天要工作。

청소해요.
cheong so hae yo
打掃。

식당 안에서 요리해요.
sik dang a ne seo yo ri hae yo
我在餐廳裡煮飯。

하루에 세끼를 먹어요？
ha ru e se kki reul meo geo yo
你一天吃三餐嗎？

그의 차는 이 빌딩 앞에 멈추었다.
geu ui cha neun i bil ding a pe meom chu eot da
他的車停在建築物前面。

어때요 ?
eo ttae yo
如何？

그 일은 매우 쉬워요.
geu i reun mae u swi woe yo
那件事很簡單。

큰 어려움이 없었다.
keun eo ryeo u mi eop seot da
沒有什麼大困難。

그 식당 근처에 큰 호텔이 있다.
geu sik dang geun cheo e keun ho te ri it da
那餐廳附近有一個大飯店。

나쁜 사람이에요 ?
na ppeun sa ra mi e yo
你是壞人嗎？

나쁜 남자이에요 ?
na ppeun nam ja i e yo
你是壞男人嗎？

그는 근면한 일꾼이다.
geu neun geun myeon han il kku ni da
他是努力工作的人。

외국인 친구들을 많이 알고 있지 않다.
oe gu gin chin gu deu reul ma ni al go it ji an ta
我沒有認識很多外國朋友。

그는 돈을 한 푼도 갖고 있지 않다.
geu neun do neul han pun do gat go it ji an ta
他連一毛錢都沒有。

오늘 아침을 안 먹었어요.
o neul a chi meul an meo geo seo yo
我今天沒有吃早餐。

어젯밤에 밥을 못 먹어요.
eo jet ba me ba beul mot meo geo yo
我昨天晚上沒有吃晚餐。

평소 저녁에 무엇을 하세요?
pyeong so jeo nyeo ge mu eo seul ha se yo
平常晚上你都在做什麼?

어제 무슨 일이 일어 났습니까?
eo je mu seun i ri i reo nat seum ni kka
昨天發生了什麼事?

Track 196

누가 이 질문에 대답 했습니까?
nu ga i jil mu ne dae dap paet seum ni kka
誰回答了這個問題？

어느 것이 더 큽니까?
eo neu geo si deo keum ni kka
哪一個比較大？

아까 누구에게 말을 했습니까?
a kka nu gu e ge ma reul haet seum ni kka
您剛才是跟誰說話？

호랑이를 본적이 있어요?
ho rang i reul bon jeo gi i seo yo
你有看過老虎嗎？

치타를 직접 본적이 있어요?
chi ta reul jik jeop bon jeo gi i seo yo
你有親眼看過豹嗎？

당신은 그가 무엇을 원하는지를 알고 있습니까?
dang si neun geu ga mu eo seul won ha neun ji reul al go it seum ni kka
你知道他想要的是什麼嗎？

누가 이 선물을 샀는지 저에게 말씀해 주십시오.
nu ga i seon mu reul sat neun ji jeo e ge mal sseum hae ju sip si o
請告訴我這禮物是誰買的。

당신은 그가 거기에서 무엇을 하고 있었는지 알고 있습니까?

dang si neun geu ga geo gi e seo mu eo seul ha go i seot neun ji al go it seum ni kka

你知道他在那邊做什麼嗎？

우체국이 어디에 있는지 말해줄 수 있습니까?

u che gu gi eo di e it neun ji mal hae jul su it seum ni kka

可以告訴我郵局在哪裡嗎？

나는 그가 언제 돌아올지를 알고 싶습니다.

na neun geu ga eon je do ra ol ji reul al go sip seum ni da

我想知道他什麼時候回來。

내가 얼마나 많은 돈을 갖고 있는지 그는 모릅니다.

nae ga eol ma na ma neun do neul gat go it neun ji geu neun mo reum ni da

他不知道我有多麼多的錢。

나는 이 편지를 누가 나에게 보냈는지 알고 있습니다.

na neun i pyeon ji reul nu ga na e ge bo naet neun ji al go it seum ni da

我知道這封信是誰寄給我的。

문이 잠겼어요.

mu ni jam gyeo seo yo

門鎖住了。

나는 그가 문을 잠갔는지 어떤지를 모른다.

na neun geu ga mu neul jam gat neun ji eo tteon ji reul mo reun da

我不知道他有沒有把門鎖起來。

그가 어제 대만에 왔는지 어떤지 말해줄 수 있습니까?

geu ga eo je dae ma ne wat neun ji eo tteon ji mal hae jul su it seum ni kka

可以告訴我他什麼時候來台灣嗎？

그가 축구를 할 수 있는지 어떤지 내게 말해주시오.

geu ga chuk gu reul hal su it neun ji eo tteon ji nae ge mal hae ju si o

請告訴我他會不會踢足球。

당신은 그가 누구라고 생각합니까?

dang si neun geu ga nu gu ra go saeng ga kam ni kka

你覺得他是誰？

당신은 그가 어제 어디에 갔다고 생각 합니까?

dang si neun geu ga eo je eo di e gat da go saeng gak ham ni kka

你覺得他昨天去了哪裡？

당신은 그녀의 나이가 몇 이라고 생각합니까?

dang si neun geu nyeo ui na i ga myeot chi ra go saeng ga kam ni kka

你覺得她的年紀應該是多少？

믿습니까?
mit seum ni kka
相信嗎？

당신은 그들이 어느길로 갈것이라고 생각합니까?
dang si neun geu deu ri eo neu gil lo gal geot si ra go saeng ga kam ni kka
你覺得他們會往哪一條路走？

누가 그 창문을 깼다고 생각합니까?
nu ga geu chang mu neul kkaet da go saeng ga kam ni kka
你覺得是誰打破了窗戶？

당신은 얼마나 많은 학생들이 이 학교에 있다고 생각합니까?
dang si neun eol ma na ma neun hak saeng deu ri i hak gyo e it da go saeng ga kam ni kka
你覺得這間學校有多少學生？

누가 그런 일을 할 수 있겠는가?
nu ga geu reon i reul hal su it get neun ga
那種事誰能做得到啊？

어떻게 내가 그렇게 높이 뛸 수 있겠는가?
eo tteo ke nae ga geu reo ke no pi ttwil su it get neun ga
我怎麼可能跳那麼高？

그런 책을 읽는 것이 무슨 소용이 있느냐?
geu reon chae geul rik neun geo si mu seun so yong i in neu nya
讀那種書有什麼用？

그런 말을 하는 것이 무슨 소용이 있느냐?
geu reon ma reul ha neun geo si mu seun so yong i in neu nya
說那種話有什麼用？

누가 행복을 바라지 않겠는가?
nu ga haeng bo geul ba ra ji an ket neun ga
誰不希望幸福呢？

그런 말을 하지 마라.
geu reon ma reul ha ji ma ra
不要說那種話。

그에게 잠깐 기다리게 하세요.
geu e ge jam kkan gi da ri ge ha se yo
請叫他等一下。

문을 잘 지키시오.
mu neul jal ji ki si o
請小心門戶。

그가 거기에 가지 않도록 하시오.
geu ga geo gi e ga ji an to rok ha si o
請不要讓他去到那邊。

당신이 거기에 도착하는 즉시 나에게 알려주시오.
dang si ni geo gi e do cha ka neun jeuk si na e ge al lyeo ju si o
你一到那邊馬上告訴我。

우리 식사 후에 공원에 갈까요？
u ri sik sa hu e gong wo ne gal kka yo
我們吃飽飯要不要去公園呢？

그는 영어를 참 잘하는구나！
geu neun yeong eo reul cham jal ha neun gu na
他英文說得真好！

그녀는 정말 아름답구나！
geu nyeo neun jeong mal a reum dap gu na
她真是美麗！

이 이야기는 정말 재미있네！
i i ya gi neun jeong mal jae mi it ne
這故事真是有趣！

그는 정말로 빨리 도망치는구나！
geu neun jeong mal lo ppal li do mang chi neun gu na
他真的逃得很快耶！（逃避，溜走）

이 핸드폰 정말 좋은 핸드폰이다！
i haen deu pon jeong mal jo eun haen deu pon i da
這手機真的是好手機！

정말 친절한 소녀구나！
jeong mal chin jeol han so nyeo gu na
真是親切的少女啊！

그은 정말 현명해！
geu so nyeo neun jeong mal hyeon myeong hae
他真是賢明！

부디 성공하기를！
bu di seong gong ha gi reul
祝福你成功！

하느님 의은총이 있기를！
ha neu nim ui eun chong i it gi reul
願上天賜福給你！

그가 무사히 돌아오기를！
geu ga mu sa hi do ra o gi reul
希望他平安回來！

비가 와서 그 게임은 취소 되었다.
bi ga wa seo geu ge i meun chwi so doe eot da
因為下雨比賽取消了。

그가 정직하다는 것은 모두가 알고 있다.
geu ga jeong ji ka da neun geo seun mo du ga al go it da
所有人都知道他很正直。

나는 그가 옳다고 생각해요.
na neun geu ga ol ta go saeng ga kae yo
我覺得他是對的。

그녀는 그가 틀렸다고 말한다.
geu nyeo neun geu ga teul lyeot da go mal han da
那女生說他是錯的。

나는 그가 옳다고 생각하지만, 그녀는 나와 생각이 같지 않다.
na neun geu ga ol ta go saeng ga ka ji man geu nyeo neun na wa saeng ga gi gat ji an ta
我覺得他是對的，她的想法和我不一樣。

그 말을 믿을 수 없어요.
geu ma reul mi deul su eop seo yo
我無法相信那些話。

거짓말 하는 것은 나쁘다.
geo jit mal ha neun geo seun na ppeu da
說謊真的很壞。

네 자리로 돌아 가거라.
ne ja ri ro do ra ga geo ra
請回到你的座位上。

산책하는 것이 나의 유일한 운동이다.
san chae ka neun geo si na ui you il han un dong i da
散步是我唯一的運動。

교회를 어디에 지을 것인가는 결정되지 않았다.
gyo hoe reul reo di e ji eul geo sin ga neun gyeol jeong doe ji a nat da
教會要蓋在哪裡還沒有決定。

보는 것이 믿는 것이다.
bo neun geo si mit neun geo si da
百聞不如一見。（字義：看見就會相信。）

내 인생의 목표는 선생님이 되는 것이다.
nae in saeng ui mok pyo neun seon saeng ni mi doe neun geo si da
我的人生目標是成為老師。

문제는 우리가 가야 하느냐 가지 말아야 하느냐는 것이다.
mun je neun u ri ga ga ya ha neu nya ga ji ma ra ya ha neu nya neun geo si da
問題是我們應不應該去。

그가 오고 안 오고는 문제가 안 된다.
geu ga o go an o go neun mun Je ga an doen da
他來不來都沒有關係。

그래도 괜찮아요.
geu rae do gwaen cha na yo
那樣還是沒關係。

Track 205

일찍 일어났네.
il jjik i reo nat ne
你很早起呢。

얼른 버려요.
eol leun beo ryeo yo
趕快丟掉。

내가 어떻게 알겠어！
nae ga eo tteo ke al get seo
我怎麼會知道！

알겠어요.
al ge seo yo
知道了。

어떻게 알았어요？
eo tteo ke a ra seo yo
你怎知道的？

내가 이럴 줄 알았어요.
nae ga i reol jul a ra seo yo
我就知道會這樣。

그 사람 언제 알았어요？
geu sa ram eon je a ra seo yo
你什麼時候認識他的？

우리 집을 어떻게 알았어요？
u ri ji beul eo tteo ke a ra seo yo
你怎麼知道我家？

가까이서 보니 훨씬 미남이시군요.
ga kka i seo bo ni hwol ssin mi nam i si gun nyo
靠近看，真的是美男耶。

가지 말고 좀 더 계세요.
ga ji mal go jom deo gye se yo
不要走，再多留一會。

가만히 있어요.
ga man hi i seo yo
乖乖不要動。

돈이 있으면 바로 갈게요.
do ni i seu myeon ba ro gal ge yo
有錢的話我馬上去。

위험해. 가까이 가지 마！
wi heom hae ga kka i ga ji ma
危險。不要靠過去！

제발 가지 마세요.
je bal ga ji ma se yo
拜託你不要走。

동료 없이 혼자 가지 마라.
dong ryo eop si hon ja ga ji ma ra
沒有伴不要一個人去。

능력자에요.
neung reok ja e yo
真是能力者啊。

나도 만만치 않아.
neo do man man chi a na
不要小看我。

일자리 구하는게 만만치 않아요.
il ja ri gu ha neun ge man man chi a na yo
找工作可真不容易。

너무 신경 쓰지마.
neo mu sin gyeong sseu ji ma
別太在意。

단순한 사람이다.
dan sun han sa ram i da
單純的人。

가슴이 두근두근 했다.
ga seu mi du geun du geun haet da
心臟撲通撲通跳。

가위, 바위, 보 !
ga wi ba wi bo
剪刀，石頭，布！

우리 가위, 바위, 보로 정하자.
u ri ga wi ba wi bo ro jeong ha ja
我們猜拳決定。

간섭 좀 하지마.
gan seop jom ha ji ma
不要干涉我！

웃겨 죽을 뻔 했다.
ut gyeo ju geul ppeon haet da
我差點笑死。

간지럼을 잘 타요.
gan ji reo meul jal ta yo
我很怕癢。

감기 기운이 있어요.
gam gi gi u ni i seo yo
感覺好像感冒了。

이 말까지 감히 하다니, 너는 정말로 강심장이다.
i mal kka ji gam hi ha da ni neo neun jeong mal lo gang shim jang i da
連這種話都敢說，你真是大膽（強心臟）。

질문이 있습니까?
jil mu ni it seum ni kka
有問題嗎？

알겠습니까?
al get seum ni kka
了解嗎？

갔습니다.
gat seum ni da
去了。

맞습니다.
mat seum ni da
對。沒錯。

없습니다.
eop seum ni da
沒有。

어제 꿈을 꾸다.
eo je kku meul kku da
我昨天做了夢。

어제 개꿈을 꾸다.
eo je gae kku meul kku da
我昨天作了沒有意義的夢。

Track 210

개인사업하고 있어요.
gae in sa eo pa go i seo yo
我自己當老闆。

조용히 하세요.
jo yong hi ha se yo
請小聲一點。

공주병이야.
gong ju byeong i ya
真是公主病。

왕자병이야.
wang ja byeong i ya
真是王子病。

거봐, 내가 뭐라고 그랬어.
geo bwa nae ga mwo ra go geu rae seo
你看，我不是告訴過你了。

거봐, 내말 맞지.
geo bwa nae mal mat ji
你看，我說的沒錯吧？

거의 맞았어.
geo ui ma ja seo
幾乎都對了。

거절당했어.
geo jeol dang hae seo
我被拒絕了。

잘렸어.
jal lyeo seo
被炒魷魚了。

거짓말 하면 안돼요.
geo jit mal ha myeon an dwae yo
不可以說謊喔。

겉 다르고 속 다르다.
geot da reu go sok da reu da
裡外兩個人。（雙面人，表現出來的樣子和心裡想的完全不同）

그럴 리가 없다.
geu reol li ga eop da
不會有那樣的事。

고장 나다.
go jang na da
故障了。

날씨가 나빠요.
nal ssi ga na ppa yo
天氣不好。

공짜를 좋아하다.

gong jja reul jo a ha da

貪小便宜。

이 옷은 그의 몸에 잘 맞는다.

i o seun geu ui mo me jal mat neun da

這件衣服正好合他的身。

귀가 엷구나!

gwi ga yeol gu na

你真是容易被說服／容易被騙。（字義：耳朵真薄。）

그는 귀가 먹었어요.

geu neun gwi ga meo geo seo yo

他耳聾了。

귀를 막다.

gwi reul mak da

摀住耳朵。

귀에 물이 들어갔다.

gwi e mu ri deu reo gat da

耳朵進水了。

그 사람 날 좋아하는 것 같아.

geu sa ram nal jo a ha neun geot ga ta

那個人好像喜歡我。

그가 널 좋아하나 봐.
geu ga neol jo a ha na bwa
他好像在喜歡你喔。

어떤 스타일 좋아해요?
eo tteon seu ta il jo a hae yo
你喜歡哪一種類型？

그 일엔 그 사람이 최고야.
geu i ren geu sa ra mi choe go ya
那件事那個人最在行了。

당근이지.
dang geun i ji
當然囉。

그는 약간 멍청해요.
geu neun yak gan meong cheong hae yo
他有點呆。

그 여자 옷이 너무 야해.
geu yeo ja o si neo mu ya hae
那女的衣服太野了。

그 말 없었던 걸로 하자.
geu mal eop seot deon geol lo ha ja
當作我沒說過。

그건 천천히 해도 돼요.
geu geon cheon cheon hi hae do dwae yo
那件事慢慢做就好。

그렇게 하세요.
geu reo ke ha se yo
請那麼做吧。

그게 그 얘기.
geu ge geu yae gi
我就是在說那個。

그냥 둘러 보는 중 입니다.
geu nyang dul leo bo neun jung im ni da
我只是參觀一下。

그냥 몸만 와라.
geu nyang mom man wa ra
你人來就好。

그는 나에게 윙크를 보냈다.
geu neun na e ge wing keu reul bo naet da
他對我眨了眼睛。

그는 나에게 눈짓 했다.
geu neun na e ge nun jit taet da
他對我使了眼色。

잘 생겼다.
jal saeng gyeot da
好帥。

끝내 주다!
kkeut nae ju da
超棒的！

그에게 뿅갔어.
geu e ge ppyong ga seo
飛奔到他那邊。

그는 그녀에 대해 욕을 했다.
geu neun geu nyeo e dae hae yo geul haet da
他罵她。

그러면 그렇지.
geu reo myeon geu reo chi
不出所料。／我就說嘛。

그런 핑계 대지마.
geu reon ping gye dae ji ma
不要找藉口。

그럴 줄 알았어.
geu reol jul a ra seo
我就知道會那樣。

그럴 가망이 희박해 !
geu reol ga mang i hui ba kae
希望渺茫啊！

못 생겼다.
mot saeng gyeot da
好醜。

그만둬요.
geu man dwo yo
算了吧。

됐어요.
dwae seo yo
算了吧。

그만해 !
geu man hae
夠了！／住手！

그만하자.
geu man ha ja
到此為止吧。

우리 그만하자.
u ri geu man ha ja
我們到此為止吧。

그만 떠들어 !
geu man tteo deu reo
不要再嘮叨了！

부담스럽니 ?
bu dam seu reop ni
有負擔感嗎？

그 말 취소해.
geu mal chwi so hae
取消那句話。

그 말을 들으니 생각 나는데…
geu ma reul deu reu ni saeng gak na neun de
聽那這句話讓我想到…

그에게는 두 손 들었다.
geu e ge neun du son deu reot da
他帶著兩串香蕉來（兩手空空）

그때가 좋았지.
geu ttae ga jo at ji
那時候很棒吧。

그럴리가 없어요.
geu reol li ga eop seo yo
不可能啊。

그럼 전 뭡니까?
geu reom jeon mwom ni kka
那麼我算什麼？

그만하기 다행이다.
geu man ha gi da haeng i da
幸好沒有繼續下去。

그에게 한마디 해줬죠.
geu e ge han ma di hae jwot jyo
我說了他一句。（碎唸）

보다 못해 한마디 했다.
bo da mo tae han ma di haet da
實在看不下去，講了一句。（碎唸）

왜 한 마디도 안 해?
wae han ma di do an hae
你怎麼一句話也不說？

그의 회사는 적자운영이 었다.
geu ui hoe sa neun jeok ja un yeong i eot da
他的公司虧本經營中。

이 이야기는 잠깐 보류해 두자.
i i ya gi neun jam kkan bo ryu hae du ja
這話題暫且不提。

금시초문인걸！

geum si cho mun in geol

這我倒是第一次聽說！

기분 나쁘게 생각 마.

gi bun na ppeu ge saeng gak ma

不要不高興喔。

오해하지 마！

o hae ha ji ma

不要誤會啊！

곧 만나서 참 기뻐요.

got man na seo cham gi ppeo yo

很快就要和你見面了，好高興。

기분이 아주 좋다.

gi bu ni a ju jo ta

心情真好。

기분 짱인데.

gi bun jjang in de

心情超級好的啦。

지각하지 마십시오.

ji ga ka ji ma sip si o

請不要遲到。

늦잠 잤어요.
neut jam ja seo yo
我睡過頭了！

기회를 스스로 버리다.
gi hoe reul seu seu ro beo ri da
自己放棄機會。

억지로 하지 마！
eok ji ro ha ji ma
不要太勉強啊！

글씨가 번졌어요.
geul ssi ga beon jyeo seo yo
字跡變了。

상관하지 마！
sang gwan ha ji ma
你不要管我！（兇）

참아야 돼.
cha ma ya dwae
要忍耐才行！

수고 많으셨어요.
su go ma neu syeo seo yo
您真是辛苦了。

눈이 왔어요.
nu ni wa seo yo
下雪了。

여기서 만날 줄 알았어요.
yeo gi seo man nal jul ra ra seo yo
我就知道會在這裡遇見你。

까꿍！
kka kkung
哇嗚，等你好久了，想死你了啦。／和小朋友玩遮臉、看見臉遊戲時發的聲音。

까꿍, 어디 갔다 이제 왔어？
kka kkung eo di gat da i je wa seo
哇嗚，你去哪了現在才回來？我都想你了。

나 잘했죠？
na jal haet jyo
我做得很好吧？

깜박했어요！
kam bak hae seo yo
我忘了！

혼자 해야 돼요.
hon ja hae ya dwae yo
必須要一個人做。

시간이 별로 없어요.
si ga ni byeol lo eop seo yo
沒有什麼時間。

택배로 보내주세요.
taek bae ro bo nae ju se yo
請用快遞送來。

이것 좀 드세요.
i geot jom deu se yo
你吃吃看這個。

잘 마셨습니다.
jal ma syeot seum ni da
我喝得很高興。／我喝完了。

그는 얼굴이 무표정하다.
geu neun eol gu ri mu pyo jeong ha da
他面無表情。

까불지마.
kka bul ji ma
不要任性了！／不要淘氣！

깜짝 놀랐어요.
kkam jjak nol la seo yo
嚇我一跳。

비가 왔어요.
bi ga wa seo yo
下雨了。

내가 바람 맞았어요.
nae ga ba ram ma ja seo yo
我被放鴿子了。

나 그녀한테 퇴짜 맞았어.
na geu nyeo han te toe jja ma ja seo
她不要我了！

나 차였어요.
na cha yeo seo yo
我被甩了。

여자 친구한테 차였어요.
yeo ja chin gu han te cha yeo seo yo
被女朋友甩了。

남자 친구한테 차였어요.
nam ja chin gu han te cha yeo seo yo
被男朋友甩了。

내가 그 사람을 차버렸어.
nae ga geu sa ra meul cha beo ryeo seo
我把那個人甩了。

나는 오늘 제정신이 아니다.
na neun o neul je jeong si ni a ni da
我今天狀況不佳。

나는 태권도 검은띠야.
na neun tae gwon do geo meun tti ya
我是跆拳道黑帶喔。

호들갑 떨지마.
ho deul gap tteol ji ma
不要大驚小怪。

나도 그 정도는 다 겪었지.
na do geu jeong do neun da gyeo kkeot ji
我也都經歷過。

나도 그래요.
na do geu rae yo
我也是。

나도 너와 동감이야.
na do neo wa dong ga mi ya
我有同感。

나도 좀 알지.
na do jom al ji
我也知道一些。

나에게만 살짝 알려줘.
na e ge man sal jjak al lyeo jwo
跟我說一點點就好。

나도 마찬가지다.
na do ma chan ga ji da
我也是一樣。（立場）

누가 오거나 문 열어 주지 마세요.
nu ga o geo na mun yeo reo ju ji ma se yo
不論誰來都不要開門。

나예요.
na ye yo
是我。

들어가도 됩니까 ?
deu reo ga do doem ni kka
我可以進去嗎？

나오지 마세요.
na o ji ma se yo
不要出來。

맞죠 ?
mat jyo
沒錯吧？

착해요.
cha kae yo
真善良。

시작해 볼게요.
si ja kae bol ge yo
開始吧。

여기서 기다려.
yeo gi seo gi da ryeo
在這邊等我。

어떻게 알았죠 ?
eo tteo ke a rat jyo
你怎麼知道的？

아닌가 ?
a nin ga
不是嗎？（猜測）

보내드릴게요.
bo nae deu ril ge yo
我會寄給您的。

자신의 전화 번호를 남에게 함부로 알려 주지 마세요.
ja sin ui jeon hwa beon ho reul na me ge ham bu ro al lyeo ju ji ma se yo
不要隨便給別人電話號碼。

난 빼줘.
nan ppae jwo
不要算我。

난 오늘 도통, 정신이 없어 !
nan o neul do tong jeong sin i eop seo
我今天頭痛，精神迷糊。

바빠서 정신이 없습니다.
ba ppa seo jeong si ni eop seum ni da
忙得不可開交。

재미 있어요.
jae mi i seo yo
真有趣。

맛있어요 ?
ma si seo yo
好吃嗎？

그는 아직 풋내기다.
geu neun a jik put nae gi da
他是沒見過世面的人。／他還是個生手。

날듯이 기뻐요.
nal deu si gi ppeo yo
高興得像在飛一樣。

날아갔어요！
nal ra ga seo yo
飛起來了！

날 물로 보지마.
nal mul lo bo ji ma
我可不是濫好人。

날씨가 좋으면 가요.
nal ssi ga jo eu myeon ga yo
如果天氣好的話我就去。

사실…
sa sil
事實上…

우리 작년에 봤죠？
u ri jak nyeo ne bwat jyo
我們去年見過面吧？

아무튼…
a mu teun
反正，總之…

난 할말 다 했어.
nan hal mal da hae seo
我想說的話都說了。

수상했어요 ?
su sang hae seo yo
有得獎嗎？

누가 만들었어요 ?
nu ga man deu reo seo yo
誰製做的？

신기해요.
sin gi hae yo
好神奇。

열심히 하겠습니다.
yeol shim hi ha get seum ni da
我會努力的。

넌 나의 가장 좋은 친구야.
neon na ui ga jang jo eun chin gu ya
你是我最好的朋友。

인정 하시나요 ?
in jeong ha si na yo
你認同嗎？

남의 집에서 하룻밤 묵다.
nam ui ji be seo ha rut bam muk da
借住別人家一天。

기사 봤어요?
gi sa bwa seo yo
你看新聞了嗎？

내 맘 대로할게요.
nae mam dae ro hal ge yo
我要按照我的心意去做。

내 얘기 잘 들어 주세요.
nae yae gi jal deu reo ju se yo
請好好聽我說話。

내 스웨터가 자꾸 기어 올라간다.
nae seu we teo ga ja kku gi eo ol la gan da
我的毛衣常常往上捲起來。

실망지 마세요.
sil mang ji ma se yo
不要灰心。

마음대로 해.
ma eum dae ro hae
隨便你。你高興怎麼做就做。

맘대로 하세요.
mam dae ro ha se yo
請隨意。

너 많이 컸다 !
neo ma ni keot da
你長大了！

너는 어느 편이냐 ?
neo neun eo neu pyeon i nya
你是站在哪一邊的？

너도 들었지 ?
neo do deu reot ji
你也聽說了吧？

너무 바빴어요.
neo mu ba ppa seo yo
我那時太忙了。

너무 오버하지마.
neo mu o beo ha ji ma
不要太誇張。／不要做得太超過。

너무 무리하지마.
neo mu mu ri ha ji ma
不要太勉強。

왜 그러셨을까 ?
wae geu reo syeo seul kka
你當時怎麼會那樣？

눈이 너무 높아요.
nu ni neo mu no pa yo
眼光太高了。

왜 그런지 알 수 없다.
wae geu reon ji al su eop da
不知為何會那樣。

안보여주는 거에요.
an bo yeo ju neun geo e yo
不給我看。

심부름을 보내다.
shim bu reu meul bo nae da
派個跑腿的。

심부름을 하다.
shim bu reu meul ha da
做跑腿的事。

많이 시기해요.
ma ni si gi hae yo
多點一些（菜）。／多吩咐一些（事）。

가식적이에요.
ga sik jeo gi e yo
好假。／好做作。

그렇지?

geu reo chi

是吧？

왜 맨날 그러니?

wae maen nal geu reo ni

為什麼每次都這樣？

그는 그 일에 적임자다.

geu neun geu i re jeo gim ja da

他最適合做那件事。

넌 그 일에 적임자가 못돼.

neon geu i re jeo gim ja ga mot dwae

你不適合擔任那件事。

네 말이 옳다.

ne ma ri ol ta

你說的沒錯。

네 맘대로 안될 걸.

ne mam dae ro an doel geol

不會如你所願的。

설마 농담이겠지?

seol ma nong da mi get ji

這該不會是在開玩笑吧？

저 모르시겠습니까?
jeo mo reu si get seum ni kka
你不認識我嗎?

나 잘 안다.
na jal an da
我很清楚。

식은 죽 먹기.
si geun juk meok gi
易如反掌。(字義:吃涼粥。)

그가 올 것 같은 예감이 든다.
geu ga ol geot ga teun ye ga mi deun da
我有預感他要來了。

눈에 뭐가 들어갔어.
nu ne mwo ga deu reo ga seo
有東西跑進眼睛了。

눈이 쑥 들어갔어.
nu ni ssuk deu reo ga seo
一下子映入眼簾。

눈이 충혈됐어요.
nu ni chung hyeol dwae seo yo
我眼睛充血。

눈치가 빠르다.
nun chi ga ppa reu da
眼色很快。（很會察顏觀色，反應靈巧。）

당신 말씀도 일리가 있습니다.
dang sin mal sseum do il li ga it seum ni da
您說的話很有道理。

그것은 내 맘에 안 들어.
geu geo seun nae ma me an deu reo
那個不合我的心意。

안 갔으면 좋겠다.
an ga seu myeon jo ket da
如果沒有去就好了。

네가 없으면 내가 누구를 의지 할 수 있어요？
ne ga eop seu myeon nae ga nu gu reul ui ji hal su i seo yo
如果沒有你我該依靠誰呢？

당신과 연락하려면 어떻게 해야 하죠？
dang sin gwa yearn ra ka ryeo myeon eo tteo ke hae ya ha jyo
我要怎麼和你聯絡呢？

말씀해주세요.
mal sseum hae ju se yo
請說。

어디서 들었니 ?
eo di seo deu reot ni
你在哪裡聽到的？

아무도 없었다.
a mu do eop seot da
一個人都沒有。

도시락을 갖고 다닌다.
do si ra geul gat go da nin da
帶便當去。

돈이면 다 돼 !
do ni myeon da dwae
有錢好辦事。

되든 안되든 해보자.
doe deun an doe deun hae bo ja
不管成不成，做看看吧。

일어났어요.
i reo na seo yo
我起床了。

끝이 없다.
kkeu chi eop da
永無止盡。

내가 책임질게！

nae ga chae gim jil ge

我會負責的！

세시방향에 끝내주는 여자가 있다.

se si bang hyang e kkeut nae ju neun yeo ja ga it da

三點鐘方向有一個絕世美女。

이 일은 정말 내가 책임질 수 없다 .

i i reun jeong mal nae ga chae gim jil su eop da

這件事我真的承擔不起。

정말 반가운 말씀이군요.

jeong mal ban ga un mal sseum i gun nyo

真是令人欣喜的話。

별것 아닌데요.

byeol geot a nin de yo

這沒什麼。

때마침 오셨군요.

ttae ma chim o syeot gun nyo

您來的真是時候。

열어 보아야 알지.

yeo reo bo a ya al ji

打開看就知道了。

Track 238

음악을 좋아합니다.
eu ma geul joa ham ni da
我喜歡音樂。

긴장하지 말고 마음 편히 먹어.
gin jang ha ji mal go ma eum pyeon hi meo geo
不要緊張，放輕鬆。

마음껏 즐기자.
ma eum kkeot jeul gi ja
盡情享受吧。

너무 많이 먹었어요.
neo mu ma ni meo geo seo yo
我吃太多了。

그는 만만치 않은 사람이야.
geu neun man man chi a neun sa ra mi ya
他是不能小看的人啊。

내 말 알아듣겠니？
nae mal a ra deut get ni
你聽得懂我說的話嗎？

마음 한구석이 좀 불편하다.
ma eum han gu seo gi jom bul pyeon ha da
心裡總覺得不舒服。

내가 그렇게 만만하게 보이냐!
nae ga geu reo ke man man ha ge bo i nya
我有那麼好欺負嗎？

말도 안 되는 소리야.
mal do an doe neun so ri ya
說這什麼話。

말 실수를 해서 죄송합니다.
mal sil su reul hae seo joe song ham ni da
抱歉我說錯話了。

말조심해.
mal jo shim hae
講話小心一點。

말조심해야 돼.
mal jo shim hae ya dwae
講話要小心一點。

매우 고심하고 있었다.
mae u go shim ha go i seot da
費了好大的苦心。

재미있어요.
jae mi i seo yo
很有趣。（現在式）

재미있었어요.
jae mi i seo seo yo
很有趣。（過去式）

머리 깎았니 ?
meo ri kka kkat ni
你剪頭髮了？

머리를 쓰라.
meo ri reul sseu ra
用點頭腦啊。

머리를 좀 써봐.
meo ri reul jom sseo bwa
動點頭腦呀。

한번 해보세요.
han beon hae bo se yo
你做一次看看。

한번 해보겠다.
han beon hae bo get da
我會做一次看看的。

아르바이트 합니까 ?
a reu ba i teu ham ni kka
你有在打工嗎？

몇 시에 퇴근해요 ?
myeot si e toe geun hae yo
你幾點下班？

목소리 좀 낮춰 주세요.
mok so ri jom nat chwo ju se yo
請降低音量。

목소리를 죽이고 얘기했어요.
mok so ri reul ju gi go yae gi hae seo yo
他壓低聲音說話。

목이 쉬었어.
mo gi swi eo seo
我喉嚨沒聲音了。

이것을 예쁘게 싸 주세요.
i geo seul ye ppeu ge ssa ju se yo
請把這個包裝得好看一點。

몸을 피하시오.
mo meul pi ha si o
請避一避。

못 알아 듣겠다.
mo ta ra deut get da
我聽不懂。

이 직장을 관두고 싶어요.
i jik jang eul gwan du go si peo yo
我想辭職。

관두겠습니다.
gwan du get seum ni da
我看就算了。

가만 안 두겠다.
ga man an du get da
我不會罷休的。

어디에서 살아요 ?
eo di e seo sa ra yo
你住在哪裡？

강남에 살아요.
gang na me sa ra yo
我住在江南。

김치 없인 못살아.
gim chi eop sin mot sa ra
沒有泡菜的話活不下去。（一定要吃泡菜）

못 살아요.
mot sa ra yo
受不了。／活不下去。

무리한 요구하지 마.
mu ri han yo gu ha ji ma
不要做無理的要求。

그가 날 무시해.
geu ga nal mu si hae
他輕視我。

무단 결석했다.
mu dan gyeol seo kaet da
無故缺席。

무슨 뜻인지 모르겠다.
mu seun tteu sin ji mo reu get da
不知道是什麼意思。

무슨 일로 괴로워하고 있어요?
mu seun il lo goe ro woe ha go i seo yo
是什麼事情在困擾你？

나를 괴롭히지마.
na reul goe ro pi ji ma
不要欺負我。

무슨 말인지 알겠다.
mu seun ma rin ji al get da
我知道你在說什麼了。

무슨 힘든 일 있니 ?

mu seun him deun il rit ni

你有什麼辛苦（擔心）的事嗎？

할말 없어.

hal mal eop seo

無話可說。／沒有什麼想說的。

그 일에 대해선 할말 없어.

geu i re dae hae seon hal mal eop seo

我對於那件事沒有什麼想說的。

묵비권.

muk bi gwon

不予置評。／無可奉告。（沉默權。）

문닫고 들어와.

mun dat go deu reo wa

門關好再進來。

문이 잠겨 들어갈 수가 없어요.

mu ni jam gyeo deu reo gal su ga eop seo yo

門鎖著進不去。

제 체질에 안 맞습니다.

je che ji re an mat seum ni da

跟我體質不合。

뭐 숨겼어요？
mwo sum gyeo seo yo
你藏了什麼東西？

뭐라고 말씀하셨죠？
mwo ra go mal sseum ha syeot jyo
您剛剛說了什麼？

뭔가 잊어버린 것 같더라니.
mwon ga i jeo beo rin geot gat deo ra ni
我好像忘了什麼咧。

미혼입니다.
mi hon im ni da
我未婚。

기혼입니다.
gi hon im ni da
我已婚。

시험에서 미역국 먹었다.
si heo me seo mi yeok guk meo geot da
落榜了。（考試喝了海帶湯，滑掉了）

미안해할 것까지는 없어.
mi an hae hal geot kka ji neun eop seo
沒有什麼好對不起的。

미안해. 딴 데 정신 파느라 못 들었어.
mi an hae ttan de jeong sin pa neu ra mot deu reo seo
不好意思。我剛才在想別的事沒聽見。

코 좀 그만 파라.
ko jom geu man pa ra
不要再挖鼻孔了。

믿을 수 있는 친구예요 ?
mi deul su it neun chin gu ye yo
他是能相信的朋友嗎？

좋은 약은 입에 쓰다.
jo eun ya geun i be sseu da
良藥苦口。

그런 것 같다.
geu reon geot gat da
好像是那樣。

바보.
ba bo
笨蛋。

바보가 아니야.
ba bo ga a ni ya
我不是笨蛋。

서로 잘 이해하자.
seo ro jal i hae ha ja
互相體諒吧。

방을 정리하고있어요.
bang eul jeong ri ha go i seo yo
我在整理房間。

밤에 잠이 없어.
ba me ja mi eop seo
我晚上都睡不著。

나는 아침 잠이 없어.
na neun a chim ja mi eop seo
我早上都睡不著。

어젯밤에 잠을 못 잡니다.
eo jet ba me ja meul mot jam ni da
昨天晚上失眠。

밤을 새워서 공부하다.
ba meul sae woe seo gong bu ha da
我熬夜念書。

문이 잠겼어요.
mu ni jam gyeo seo yo
門鎖起來了。

버릇을 쓰쓰로 고쳐야돼.
beo reu seul sseu sseu ro go chyeo ya dwae
壞習慣應該要自己改正的。

봤어요.
bwa seo yo
看到了。

못 봤어요.
mot bwa seo yo
沒看到。

제가 다 봤어요.
je ga da bwa seo yo
我都看到了。

잘 안보여요.
jal an bo yeo yo
我看不太到。

보여줘.
bo yeo jwo
給我看。

별거 아냐 !
byeol geo a nya
沒什麼大不了。

회사에 병가 냈어요.

hoe sa e byeong ga nae seo yo

跟公司請了病假。

보면 모르겠니?

bo myeon mo reu get ni

你看不出來嗎？

같이 볼링 치러 갈래?

ga chi bol ring chi reo gal lae

要不要一起去打保齡球？

분수에 맞게 살아라.

bun su e mat ge sa ra ra

請守本份吧！

분위기 파악 좀 해라.

bun wi gi pa ak jom hae ra

請掌握一下氣氛。

다행이다.

da haeng i da

幸好。

불행 중 다행이다.

bul haeng jung da haeng i da

不幸中的大幸。

비밀번호는 몇 번 입니까 ?
bi mil beon ho neun myeot beon im ni kka
密碼是幾號？

비밀을 지키세요.
bi mi reul ji ki se yo
請持守秘密。

너 삐쳤니 ?
neo ppi chyeot ni
你被惹毛了？

네가 날 실망시켰어.
ne ga nal sil mang si kyeo seo
你讓我失望了。

날 실망시키지 마.
nal sil mang si ki ji ma
不要讓我失望。

사과할게 있어요.
sa gwa hal ge i seo yo
我有件事想向你道歉。

사교적인 사람이에요.
sa gyo jeo gin sa ra mi e yo
他是很會跟人家打交道。／他很會社交。

다들 나를 이해 못해도 견딜 거에요.
da deul na reul i hae mo tae do gyeon dil geo e yo
即使大家都不了解我，我還是會堅持下去。

없어졌어요.
eop seo jyeo seo yo
不見了。

이래도 좋고 저래도 좋다는 사람이에요？
i rae do jo ko jeo rae do jo ta neun sa ra mi e yo
你是沒什麼主見的人嗎？

남 말 하시네.
nam mal ha si ne
還說別人。

아이고, 내 팔자야！
a i go nae pal ja ya
唉呦，我真是命苦啊。（字義：唉呦，我的八字啊。）

사진보다 실물이 더 예뻐.
sa jin bo da sil mu ri deo ye ppeo
妳比照片更漂亮。

달걀이 깨졌다.
dal gya ri kkae jyeot da
雞蛋打破了。

컴퓨터가 망가졌어요!
keom pyu teo ga mang ga jyeo seo yo
電腦壞了！

컴퓨터가 다운되었어요!
keom pyu teo ga da un doe eo seo yo
電腦當機了！

살다 보니 별소리 다 듣겠군.
sal da bo ni byeol so ri da deut get gun
這個世界什麼事都有耶。（活久了什麼有的沒有的都會聽說。）

상부상조하자.
sang bu sang jo ha ja
我們互相幫助吧！

상사병에 걸렸어요.
sang sa byeong e geol lyeo seo yo
我得了相思病。

살살해.
sal sal hae
輕一點。

잡았다!
ja bat da
抓到了！

서둘러라.
seo dul leo ra
快一點。

서로 좋아하는구나.
eo ro jo a ha neun gu na
原來是互相喜歡啊。

아는 사이세요？
a neun sa i se yo
你們互相認識嗎？

아는 사람이에요？
a neun sa ra mi e yo
你認識他嗎？

서로 안지 오래됐다.
seo ro an ji o rae dwaet da
認識很久了。

서먹서먹하다.
seo meok seo meok ha da
有點生疏。

저를 아세요？
jeo reul a se yo
你認識我嗎？

설명 좀 해주시겠어요 ?
seol myeong jom hae ju si ge seo yo
你可以說明一下嗎？

설마, 그럴 리가.
seol ma geu reol li ga
該不會，不會吧。

성질 건드리지마.
seong jil geon deu ri ji ma
不要惹我。

세상일이란 다 그런 거야.
se sang i ri ran da geu reon geo ya
世界就是這樣。

세상 참 좁군 !
se sang cham jop gun
世界真小！

세상엔 공짜는 없다.
se sang en gong jja neun eop da
天下沒有白吃的午餐。

속단하지 마라.
sok dan ha ji ma ra
不要妄下評論。

내가 소개 시켜 줄게.
nae ga so gae si kyeo jul ge
我來幫你介紹一下。

소식 좀 보내줘.
so sik jom bo nae jwo
給我你的消息。聯絡我一下。

속 시원히 얘기해.
sok si won hi yae gi hae
你暢快地說吧。

그는 거짓말쟁이야.
geu neun geo jit mal jaeng i ya
他是個大騙子。他很會說謊。

수학시간 빼먹었어요.
su hak si gan ppae meo geo seo yo
翹了數學課。

순리대로 살아야지.
sun li dae ro sa ra ya ji
要順理來生活。

일하자.
il ha ja
做事吧。

나쁘다.
na ppeu da
很壞。

나빠요.
na ppa yo
好壞。

오빠 나빠요.
o ppa na ppa yo
哥哥好壞。

술을 끊고 있어요.
su reul kkeun ko i seo yo
我正在戒酒。

시간 가는 줄 몰랐다.
si gan ga neun jul mol lat da
時間過得真快。

그는 나와 키가 같다.
geu neun na wa ki ga gat da
他跟我一樣高。

그는 숫자에 약하다.
geu neun sut ja e ya ka da
他對數字很不敏感。

쉬어서 용변 보고 갑시다.
swi eo seo yong byeon bo go gap si da
休息一下我們去上個廁所。

어떤 스타일의 여자를 좋아하니 ?
eo tteon seu ta i rui yeo ja reul jo a ha ni
你喜歡哪種類型的女生？

어떤 스타일의 남자를 좋아하니 ?
eo tteon seu ta i rui nam ja reul jo a ha ni
你喜歡哪種類型的男生？

이상형이 어떻게 되나요 ?
i sang hyeong i eo tteo ke doe na yo
你的理想形是什麼樣子的人？

당신 생각은 어떻습니까 ?
dang sin saeng ga geun eo tteo sseum ni kka
你的想法如何？

어떻게 생각해요 ?
eo tteo ke saeng ga kae yo
你覺得如何？

그는 습관적으로 불평하는 사람이야.
geu neun seup gwan jeo geu ro bul pyeong ha neun sa ra mi ya
他是習慣性會抱怨的人。

시시한 남자와 결혼했다.
si si han nam ja wa gyeol hon haet da
跟不怎麼樣的男生結婚了。

신용할 수 없는 회사다.
sin yong hal su eop neun hoe sa da
沒有信用的公司。

실물이 훨씬 좋아.
sil mu ri hwol ssin jo a
實物（比照片）更好。

그에게 너무 심하게 굴지마.
geu e ge neo mu shim ha ge gul ji ma
不要太責怪他。你就饒了他吧。

나올 수 없으면 알려주세요.
na ol su eop seu myeon al lyeo ju se yo
如果你不能來請告訴我一聲。

나한테 쌀쌀맞게 굴지 마요.
na han te ssal ssal mat ge gul ji ma yo
不要對我這麼冷淡嘛。

썰렁해！
sseol leong hae
好冷喔！（冷笑話，冷場）

걱정하지마세요.
geok jeong ha ji ma se yo
不要擔心。

쓸데없는 걱정하지마.
sseul de eop neun geok jeong ha ji ma
不要做無謂的擔心。

5분간 쉬자.
o bun gan swi ja
休息5分鐘。

가요？
ga yo
走吧？

아슬아슬하게 도착했다.
a seul ra seul ha ge do chak haet da
千鈞一髮地到了。

때마침 전화 왔어요.
ttae ma chim jeon hwa wa seo yo
電話來的正是時候。

지겨워！
ji gyeo woe
無聊死了。

아이고 !
a i go
唉喲！

진짜 웃긴다.
jin jja ut gin da
真的很好笑。

이겼어요..
i gyeo seo yo
我贏了。

지었어요.
ji eo seo yo
我輸了。

그렇게 생각 마.
geu reo ke saeng gak ma
不要那樣想。

아직 모든 것이 미정이야.
a jik mo deun geo si mi jeong i ya
一切都還未定。

거의 다 했습니다.
geo ui da haet seum ni da
幾乎都快做好了。

아차！
a cha
哎呀！（表示驚訝，感嘆）

깜빡 했네！
kkam ppak haet ne
我差點忘了！！

아첨꾼이다.
a cheom kku ni da
馬屁精。／真是阿諛奉諂的人。

아닌 밤중에 홍두깨였다.
a nin bam jung e hong du kkae yeot da
真是天外飛來一筆。／真是出乎意外。

아직 풋내기다.
a jik put nae gi da
乳臭味乾。／還嫩呢。

아직도 꽁하고 있니？
a jik do kkong ha go it ni
你還在生我的氣喔？

아침 거르지 마요.
a chim geo reu ji ma yo
不要不吃早餐喔。

안 나오는데.
an na o neun de
沒來。

알다가도 모르겠다.
al da ga do mo reu get da
摸不著頭緒。以為懂了卻不懂。

알랑거리지 마.
al lang geo ri ji ma
別拍馬屁了。

엎치락뒤치락하느라 한숨도 못 잤다.
eop chi rak dwi chi rak ha neu ra han sum do mot jat da
翻來覆去輾轉難眠。

그녀는 여우같아.
geu nyeo neun yeo u ga ta
她真是狐狸精。（狡猾、靈巧、性感）

효과적이예요.
hyo gwa jeo gi ye yo
很有效果。

연가 며칠 있어요？
yearn ga myeo chil i seo yo
年假有幾天？

연말에 어떤 행사가 있어요?
yearn ma re eo tteon haeng sa ga i seo yo
年末有什麼活動嗎？

그럼 예감이 들다.
geu reom ye ga mi deul da
我有那種預感。

예감이 안 좋아.
ye ga mi an jo a
有不好的預感。

오늘 정말 잘 잤어요.
o neul jeong mal jal ja seo yo
今天真是睡得很好。

오늘밤 제가 사겠습니다.
o neul bam je ga sa get seum ni da
今晚我請客。

오늘은 끔찍한 하루였어요.
o neu reun kkeum jji kan ha ru yeo seo yo
今天真是糟糕的一天。

오리발 내밀지마.
o ri bal nae mil ji ma
不要裝蒜。／不要食言。（字義：不要伸出鴨掌）

애들아! 와서 밥먹어.
ae deu ra wa seo bap meo geo
孩子們！ 吃飯了！

완전히 망쳤어요.
wan jeon hi mang chyeo seo yo
完全搞砸了。

왜 나한테 화풀이야?
wae na han te hwa pu ri ya
為什麼拿我出氣？

왜 사서 고생하니?
wae sa seo go saeng ha ni
幹嘛買來整自己？

왜 울상이냐?
wae wool sang i nya
為何愁眉苦臉？

왜 아무 말도 못해?
wae a mu mal do mo tae
為何說不出話來？

외상으로 해주세요.
oe sang eu ro hae ju se yo
我要賒帳。

말 좀 해 주세요.
mal jom hae ju se yo
你幫我說說話吧。

우리 앞으로 친하게 지내자.
u ri a peu ro chin ha ge ji nae ja
我們以後好好相處吧。（親近地）

이제부터 시작해.
i je bu teo si ja kae
從現在開始。

잘할 수 있어요.
jal hal su i seo yo
你可以做到的。

비가 엄청나게 내렸어요.
bi ga eom cheong na ge nae ryeo seo yo
雨下得很大。

우리 털어놓고 얘기합시다.
u ri teo reo no ko yae gi hap si da
我們好好地談一談吧。

난 그런 사람이 아니야.
nan geu reon sa ra mi a ni ya
我不是那種人。

그 여자 예쁘지 않아.
geu yeo ja ye ppeu ji a na
那個女的不漂亮。

네가 더 예뻐.
ne ga deo ye ppeo
妳更漂亮。

네가 더 멋져.
ne ga deo meot jyeo
你更帥。

꽃이 정말 아름답네요 !
kko chi jeong mal a reum dap ne yo
花好美喔。

위험인물이야.
wi heom in mu ri ya
危險人物啊。

위기일발이었어요.
wi gi il ba ri eo seo yo
真是千鈞一髮。

유치하다.
you chi ha da
幼稚。

유행을 좇다.
you haeng eul jot da
趕流行。

음악 좀 크게 들읍시다！
eu mak jom keu ge deul reup si da
音樂開大聲一點吧！

길치에요？
gil chi e yo
你是路痴嗎？

의심이 많다.
ui si mi man ta
真是多疑。

이거 장난이 아닌데！
i geo jang na ni a nin de
這不是在開玩笑的！

정말 끝내준다.
jeong mal kkeut nae jun da
真是太棒了。

정말 죽인다.
jeong mal ju gin da
真是太棒了。

다 잘 될 거야.
da jal doel geo ya
一切都會好轉的。

엄마, 용돈 좀 주세요.
eom ma yong don jom ju se yo
媽媽，給我零用錢。

당신의 연락처를 알려 주세요.
dang sin ui yeon rak cheo reul al lyeo ju se yo
請給我你的聯絡方式。

알려 주세요.
al lyeo ju se yo
請告訴我。

가르쳐 주세요.
ga reu chyeo ju se yo
請跟我說。

당신의 성격을 가르쳐 주세요.
dang sin ui seong gyeo geul ga reu chyeo ju se yo
請跟我說說你的性格。

날 예쁘다고 생각해요?
nal ye ppeu da go saeng ga kae yo
你覺得我很壞嗎?

전혀 아닙니다.
jeon hyeo a nim ni da
完全不是。

아니요.
a ni yo
不是。

그렇게 생각하지 않아요.
geu reo ke saeng ga ka ji a na yo
我不覺得。

내 성격이 좋다고 생각해요?
nae seong gyeo gi jo ta go saeng ga kae yo
你覺得我個性很好嗎?

성격이 좋아요.
seong gyeo gi jo a yo
個性很好。

틀렸어요?
teul lyeo seo yo
錯了嗎?

내가 잘못했어요.
nae ga jal mot tae seo yo
我錯了。

第七篇

電話用語

여보세요 ?
yeo bo se yo
喂？

대표님 계세요 ?
dae pyo nim gye se yo
董事長在嗎？

누구세요 ?
nu gu se yo
請問是誰？

저는 옥대리 입니다.
jeo neun ok dae ri im ni da
我是玉代理。

네, 대표님 여기 있습니다.
ne dae pyo nim yeo gi it seum ni da
是，董事長在這邊。

전화 바꿔 드릴게요.
jeon hwa ba kkwo deu ril ge yo
我幫您轉接。

네, 바꿔 주세요.
ne ba kkwo ju se yo
好，請幫我轉給他。

잠시만요.
jam si man nyo
請等一下。

대표님, 옥 대리가 찾아요. 전화 받으세요.
dae pyo nim ok dae ri ga cha ja yo jeon hwa ba deu se yo
董事長，玉代理找您。請接電話。

누구요 ?
nu gu yo
誰？

옥대리 요.
ok dae ri yo
玉代理。

응.
eung
嗯。

잠깐만 기다리세요.
jam kkan man gi da ri se yo
請等一下喔。

언제쯤 돌아오실까요 ?
eon je jjeum do ra o sil kka yo
他什麼時候回來呢？

무슨 일로 전화 하셨어요 ?

mu seun il lo jeon hwa ha syeo seo yo

打電話來有什麼事嗎？

메시지를 남기시겠어요 ?

me si ji reul lam gi si ge seo yo

要幫您留言嗎？

전하실 말씀이 있으세요 ?

jeon ha sil mal sseu mi i seu se yo

有需要轉達的話嗎？

지금 통화 중입니다.

ji geum tong hwa jung im ni da

他現在通話中。

오시면 전화를 걸어달라고 할까요 ?

o si myeon jeon hwa reul geo reo dal la go hal kka yo

他來的時候要請他打電話給您嗎？

전화 받으세요.

jeon hwa ba deu se yo

請接電話。

전화를 잘못 거셨습니다.

jeon hwa reul jal mot geo syeot seum ni da

您打錯電話了。

내가 받을게.
nae ga ba deul ge
我來接。

전화해달라.
jeon hwa hae dal la
請他打給我。

아직 통화 중입니다.
a jik tong hwa jung im ni da
還在通話中。

김씨와 통화할 수 있습니까?
gim ssi wa tong hwa hal su it seum ni kka
我可以和金先生講電話嗎？

김씨는 지금 통화 중입니다.
gim ssi neun ji geum tong hwa jung im ni da
金先生現在通話中。

끊지 말고 기다려주십시오.
kkeun chi mal go gi da ryeo ju sip si o
請不要掛斷稍等一下。

나중에 다시 전화 하겠습니다.
na jung e da si jeon hwa ha get seum ni da
我等一下再打來。

구내 223번 연결해주십시오.
gu nae i i sam beon yearn gyeol hae ju sip si o
請幫我轉接分機223。

전화 주신 분은 누구입니까?
jeon hwa ju sin bu neun nu gu im ni kka
是誰打電話來?

전화해주셔서 감사합니다.
jeon hwa hae ju syeo seo gam sa ham ni da
謝謝您打電話來。

전화를 좀 받아 주시겠어요?
jeon hwa reul jom ba da ju si ge seo yo
您可以接一下電話嗎?

당신 전화번호 좀 알려주세요.
dang sin jeon hwa beon ho jom al lyeo ju se yo
請給我您的電話。

영일영 삼삼칠 이영팔구
yeong il yeong sam sam chil ri yeong pal gu
010 337 2089

아침10시 이후에 연락하시면 됩니다.
a chim yeol si i hu e yearn ra ka si myeon doem ni da
早上十點以後打給我就行了。

제가 그에게 전화를 했지만, 그와 통화 할 수 없었습니다.
je ga geu e ge jeon hwa reul haet ji man geu wa tong hwa hal su eop seot seum ni da
我打給他了，但是他沒接。

백선생님, 전화 왔습니다.
baek seon saeng nim jeon hwa wat seum ni da
白老師，電話來了。

그런 사람은 여기에 없는데요.
geu reon sa ra meun yeo gi e eop neun de yo
沒有這個人喔。

전화를 잘못 거셨습니다.
jeon hwa reul jal mot geo syeot seum ni da
您打錯電話了。

죄송합니다.
joe song ham ni da
對不起。

방금 통화한 사람이 누구에요？
bang geum tong hwa han sa ra mi nu gu e yo
剛剛你和誰通電話？

전화 좀 그만 써.
jeon hwa jom geu man sseo
不要再用電話了。

Track 276

잠시만 기다려 주세요.
jam si man gi da ryeo ju se yo
請等一下。

James 에게 Maria가 전화왔었다고 전해 주세요.
James e ge Maria ga jeon hwa wa seot da go jeon hae ju se yo
請跟詹姆士說瑪麗亞打電話找他。

베티한테 전화 왔었다고 전해 주세요.
be ti han te jeon hwa wa seot da go jeon hae ju se yo
請跟他說Betty打電話來。

저에게서 전화 왔었다고 전해 주세요.
jeo e ge seo jeon hwa wa seot da go jeon hae ju se yo
請跟他說我有打電話來。

제가 여기에 왔다고 전해 주세요.
je ga yeo gi e wat da go jeon hae ju se yo
請跟他說我來了。

제가 나중에 다시 전화할게요.
je ga na jung e da si jeon hwa hal ge yo
我等一下再打。

전화받지 말아요.
jeon hwa bat ji ma ra yo
不要接電話。

왜요?
wae yo
為什麼?

전화하신 분은 누구시죠?
jeon hwa ha sin bun eun nu gu si jyo
是誰打電話來?

사기전화 예요.
sa gi jeon hwa ye yo
是詐欺電話。

제가 여기 없다고 해요.
je ga yeo gi eop da go hae yo
跟他說我不在。

전화 잘못 거셨습니다.
jeon hwa jal mot geo syeot seum ni da
您打錯了。

저한테 전화 온 거 없었어요?
jeo han te jeon hwa on geo eop seo seo yo
有人打電話給我嗎?

있어요.
i seo yo
有。

누구요?
nu gu yo
誰?

대표님께서 당신에게 전화했어요.
dae pyo nim kke seo dang sin e ge jeon hwa hae seo yo
董事長打電話給你。

전화 왔다.
jeon hwa wat da
電話來了。

잔화 받어.
jan hwa ba deo
接電話。

여보세요?
yeo bo se yo
喂?

김주임님 계세요?
gim ju im nim gye se yo
金主任在嗎?

누구세요?
nu gu se yo
請問是誰?

第八篇

談情說愛

데리러 와주셔서 감사합니다.
de ri reo wa ju syeo seo gam sa ham ni da
謝謝你來接我。

좋은 하루를 보내게 해주셔서 감사합니다.
jo eun ha ru reul bo nae ge hae ju syeo seo gam sa ham ni da
謝謝你讓我度過美好的一天。

다시 만날 수 있을까요 ?
da si man nal su i seul kka yo
我們可以再見面嗎？

계속 연락합시다.
gye sok yearn nak hap si da
我們繼續聯絡吧。

나를 어떻게 생각하십니까 ?
na reul eo tteo ke saeng ga ka sim ni kka
你對我有什麼想法？

좋아해요.
jo a hae yo
我喜歡你。

사랑해요.
sa rang hae yo
我愛你。

사랑한다고요.
sa rang han da go yo
我說我愛你。

우리는 천생연분입니다.
u ri neun cheon saeng yearn bun im ni da
我們是天生一對啊。

너밖에 없어.
neo ba kke eop seo
我只有你喔。

말씀하시는 대로 다 해드리겠습니다.
mal sseum ha si neun dae ro da hae deu ri get seum ni da
您說的我都會為您做。

선물 감사합니다.
seon mul gam sa ham ni da
謝謝你的禮物。

저를 기분 좋게 하시는군요.
jeo reul gi bun jo ke ha si neun gun nyo
你讓我心情好好喔。

좋아하는 사람은 누구입니까 ?
jo a ha neun sa ra meun nu gu im ni kka
你喜歡的人是誰。

내 여자친구가 되어줄래？
nae yeo ja chin gu ga doe eo jul lae
你願意當我的女朋友嗎？

우리 사귀자.
u ri sa gwi ja
我們交往吧。

진심이에요？
jin shim i e yo
你是真心的嗎？

당신이 있으니 마음이 든든하다.
dang si ni i seu ni ma eu mi deun deun ha da
因為有你在，我的內心很踏實。

제 남자친구예요.
je nam ja chin gu ye yo
我的男朋友。

제 남편이에요.
je nam pyeon i e yo
我的老公。

내일 시간 있어요？
nae il si gan i seo yo
你明天有空嗎？

언제 한가하십니까?
eon je han ga ha sim ni kka
你哪時候有空?

어디 특별히 가고 싶은 식당이라도 있으세요?
eo di teuk byeol hi ga go si peun sik dang i ra do i seu se yo
你有特別想去的餐廳嗎?

제가 점심을 대접하고 싶어요.
je ga jeom si meul dae jeo pa go si peo yo
我想請你吃午餐。

좋은 하루입니다.
jo eun ha ru im ni da
今天過得很快樂。

이것 좋아해요?
i geot jo a hae yo
你喜歡這個嗎?

오빠~~
o ppa
哥哥~~

자기야~~
ja gi ya
親愛的~~

내 사랑아~~~
nae sa rang a
我的愛啊～～

제 눈 안에 당신밖에 안보여요.
je nun a ne dang sin ba kke an bo yeo yo
我的眼中只看得到你。

내 마음속에 너뿐이야.
nae ma eum so ge neo ppu ni ya
我的心裡只有你。

저와 함께 영화 보러 갈까요？
jeo wa ham kke yeong hwa bo reo gal kka yo
跟我一起去看電影好嗎？

티켓은 제가 준비할게요.
ti ke seun je ga jun bi hal ge yo
我來準備票。

당신 때문에 오늘 참 즐거웠다.
dang sin ttae mu ne o neul cham jeul geo wot da
因為你我今天很高興。

당신은 제 마음을 잘 알아 맞추시네요.
dang si neun je ma eu meul jal a ra mat chu si ne yo
你真的很會猜中我的心呢。

보여주고 싶은 게 있어.

bo yeo ju go si peun ge i seo

我有東西想給你看。

너랑 하고 싶은 말이 있어요.

neo rang ha go si peun ma ri i seo yo

我有想對你說的話。

잠깐 애기하고 싶어요.

jam kkan yae gi ha go si peo yo

我想跟你說一下話。

나를 사랑해요？

na reul sa rang hae yo

你愛我嗎？

우리 결혼하자.

u ri gyeol hon ha ja

我們結婚吧。

빨리 결혼 하고싶어요.

ppal li gyeol hon ha go si peo yo

好想趕快結婚。

빨리 결혼 해야 돼요.

ppal li gyeol hon hae ya dwae yo

要趕快結婚才行。

당신, 나에 대한 첫인상 어땠어요 ?
dang sin na e dae han cheon in sang eo ttae seo yo
親愛的，你對我的第一印象是什麼？

오빠 역시 최고의 가수야.
o ppa yeok si choe go ui ga su ya
哥哥果然是最棒的歌手啊。

어떻게 생각해요 ?
eo tteo ke saeng ga kae yo
你覺得呢？

날 어떻게 생각해요 ?
nal reo tteo ke saeng ga kae yo
你覺得我如何呢？

딱 내 스타일.
ttak nae seu ta il
剛好就是我我喜歡的style。我的菜。

난 너를 좋아해.
nan neo reul jo a hae
我喜歡你。

당신은 나의 생명.
dang si neun na ui saeng myeong
你是我的生命。

당신은 나의 운명.
dang si neun na ui un myeong
你是我的命運。

당신은 내 전부예요.
dang si neun nae jeon bu ye yo
你是我的全部。

당신은 나의 햇살.
dang si neun na ui haet sal
你是我的陽光。

당신은 나의 산소.
dang si neun na ui san so
你是我的氧氣。

느낌이 오는데.
neu kki mi o neun de
感覺來了。

내 곁에 있어줘.
nae gyeo te i seo jwo
待在我身邊。

속으로 하는 말이에요.
sok geu ro ha neun ma ri e yo
我說的是真心話。

선크림 발라줘.
seon keu rim bal la jwo
幫我塗防曬乳。

여기 눌러줘.
yeo gi nul leo jwo
幫我揉揉這裡。

안마해 주세요.
an ma hae ju se yo
幫我按摩。

안마 해드리겠습니다.
an ma hae deu ri get seum ni da
我幫你按摩。

똑바로 나를 쳐다봐.
ttok ba ro na reul chyeo da bwa
看著我。

부끄러워 하지마.
bu kkeu reo woe ha ji ma
不要害羞。

부끄러워.
bu kkeu reo woe
好害羞。

부드럽게 대해줘.
bu deu reop ge dae hae jwo
請對我溫柔一點。

새끼손가락 걸고 약속하자.
sae kki son ga rak geol go yak so ka ja
我們勾勾小指約定。

나 보고 싶어요 ?
na bo go si peo yo
想我嗎？

너는 귀한 사람이야.
neo neun gwi han sa ra mi ya
你是很寶貴的人。

소중한 사람이에요.
so jung han sa ra mi e yo
我很珍惜的人。

세상과도 바꿀 수 없는 유일한 당신이에요.
se sang gwa do ba kkul su eop neun you il han dang sin i e yo
全世界也無法交換的唯一的你。

당신은 사랑 받기 위해 태어난 사람이에요.
dang si neun sa rang bat gi wi hae tae eo nan sa ra mi e yo
你是為了得到愛而誕生的。

잘났어요.
jal la seo yo
生的好。

너랑 만나게 된 것 감사해요.
neo rang man na ge doen geot gam sa hae yo
能和你認識我很感謝。

난 너를 찍었어.
nan neo reul jji geo seo
我看上你了。

나를 그렇게 쳐다보지마요.
na reul geu reo ke chyeo da bo ji ma yo
不要那樣看我嘛。

애교해봐요.
ae gyo hae bwa yo
撒嬌看看。

너 내 거예요.
neo nae geo ye yo
你是我的。

난 네 것이야.
nan ne geo si ya
我是你的。

난 네 편이야.

nan ne pyeo ni ya.

我站在你這邊。

멋지다！

meot ji da

好帥！

몸매가 좋다.

mom mae ga jo ta

身材真好。

편지해.

pyeon ji hae

寫信給我。

전화해.

jeon hwa hae

打電話給我。

연락해.

yearn ra kae

跟我聯絡。

사랑해.

sa rang hae

我愛你。

푹 빠졌어.
puk ppa jyeo seo
陷入了。

너에게 푹 빠졌어.
neo e ge puk ppa jyeo seo
我陷入你了。

너에게 반했어.
neo e ge ban hae seo
我愛上你了。

네가 있어서 행복해요.
ne ga i seo seo haeng bok hae yo
因為有你我很幸福。

행복한 분위기 가득 차네.
haeng bok han bun wi gi ga deuk cha ne
充滿幸福的氛圍。

내 여자다.
nae yeo ja da
這是我的女人。

내 남친이에요.
nae nam chin i e yo
是我的男朋友。

나와 함께 있어줘.
na wa ham kke i seo jwo
和我在一起吧。

안아도 돼요？
an a do dwae yo
我可以抱你嗎？

안아줘.
an a jwo
抱我。

난 사랑에 빠졌어요.
nan sa rang e ppa jyeo seo yo
我陷入愛情了。

너를 미친 듯이 사랑한다.
neo reul mi chin deu si sa rang han da
我瘋狂地愛著你。

걱정 하지 마세요.
geok jeong ha ji ma se yo
不要擔心。

너를 위해 기도해.
neo reul wi hae gi do hae
我為你禱告。

당신은 나에게 중요한 사람이에요.
dang si neun na e ge jung yo han sa ra mi e yo
你對我而言是很重要的人。

유명해요.
you myeong hae yo
很有名。

총명해요.
chong myeong hae yo
很聰明。

아름다워요.
a reum da woe yo
好美。

예뻐요.
ye ppeo yo
漂亮。

매력 적이요.
mae ryeok jeo gi yo
好有魅力。

섹시해요.
sek si hae yo
好性感。

환상적이에요.
hwan sang jeo gi e yo
好夢幻。

감동했어요.
gam dong hae seo yo
我好感動。

마음이 아름다워요.
ma eu mi a reum da woe yo
內心很美麗。

감동 받았어요.
gam dong ba da seo yo
我被感動了。

내 손을 잡아줘요.
nae so neul ja ba jwo yo
抓住我的手。

내 말 알겠니？
nae mal al get ni
你懂我說的話嗎？

이번 주 토요일에 시간 있어요？
i beon ju to yo i re si gan i seo yo
這星期六你有空嗎？

봄이 왔어요.

bo mi wa seo yo

春天來了。

마음에 들어요.

ma eu me deu reo yo

很合我心意。

어제 비 맞았어요.

eo je bi ma ja seo yo

我昨天淋到雨了。

달콤해요.

dal kom hae yo

好甜蜜。

부드러워요.

bu deu reo woe yo

好溫柔。

너무 재미있었어요.

neo mu jae mi i seo seo yo

好有趣。

기뻐요.

gi ppeo yo

好開心。

말하지 마세요.
mal ha ji ma se yo
不要說。

첫눈이 와요.
cheot nu ni wa yo
下初雪了。

안아드려도 돼요?
a na deu ryeo do dwae yo
我可以抱你嗎？

너랑 같이 있으면 행복해요.
neo rang ga chi i seu myeon haeng bo kae yo
跟你在一起很幸福。

영원히 너를 사랑해.
yeong won hi neo reul sa rang hae
我永遠愛你。

영원히 사랑해요.
yeong won hi sa rang hae yo
我永遠愛你。

같이 살고 싶어요.
ga chi sal go si peo yo
我想和你一起生活。

해어지지 않을걸.
hae eo ji ji a neul geol
不會和你分開的。

신난다.
sin nan da
好興奮。

약속해요.
yak so kae yo
和你約定。

우리 했던 약속이 유효해요？
u ri haet deon yak so gi you hyo hae yo
我們的約定還有效嗎？

변질하면 안돼.
byeon jil ha myeon an dwae
不可以變質喔。

변심하면 안돼.
byeon shim ha myeon an dwae
不可以變心喔。

알았지？
a rat ji
知道吧？

나를 사랑해요?
na reul sa rang hae yo
你愛我嗎？

비속에서 있지 말고 들어 와.
bi so ge seo it ji mal go deu reo wa
不要淋雨，進來。

나를 안 믿어?
na reul an mi deo
你不相信我嗎？

믿어요.
mi deo yo
我相信你。

그 사람의 말을 믿지마.
geu sa ra mui ma reul mit ji ma
不要相信那個人的話。

내 말만 믿어.
nae mal man mi deo
只要相信我的話。

너만 있으면 돼.
neo man i seu myeon dwae
只要有你就行了。

눈에 눈물이 가득해요.
nu ne nun mu ri ga deuk hae yo
眼中含著淚。

사랑스러워요.
sa rang seu reo woe yo
令人喜愛。

뽀뽀해 볼래 ?
ppo ppo hae bol lae
要不要親親？

안아 줄래 ?
a na jul lae
要不要抱你？

나를 꼭 안아주세요.
na reul kkok ga na ju se yo
緊緊擁抱我。

간직해요.
gan ji kae yo
好好珍藏。

이리와.
i ri wa
過來。

사랑하니까요.

sa rang ha ni kka yo

因為我愛你啊。

행복하게 해줄게요.

haeng bo ka ge hae jul ge yo

我會給妳幸福的。

매일 매일 너를 생각해.

mae il mae il neo reul saeng gak hae

我每天每天都想你。

보고 싶어요.

bo go si peo yo

我想見到你。／我想你。

너만 사랑해.

neo man sa rang hae

我只愛你。

행복해요.

haeng bo kae yo

好幸福。

영원히 같이 있고 싶어요.

yeong won hi ga chi it go si peo yo

我想和你永遠在一起。

영원히 같이 살고 싶어요.
yeong won hi ga chi sal go si peo yo
我想和你永遠一起生活。

평생 당신을 지키겠습니다.
pyeong saeng dang si neul ji ki get seum ni da
我會一輩子守護妳。

너를 지켜줄게.
neo reul ji kyeo jul ge
我會守護著妳。

나에게 키스를 선물로 줘요.
na e ge ki seu reul seon mul lo jwo yo
用親吻當作禮物送我。

이 반지를 받아줘.
i ban ji reul ba da jwo
請接受這戒指。

평생 함께 하자.
pyeong saeng ham kke ha ja
我們一起度過一生吧。

나랑 평생 같이 있어줘요.
na rang pyeong saeng ga chi i seo jwo yo
一輩子都和我在一起吧。

好想知道這句韓語怎麼說

王愛實

王薇婷

林于婷

出版社

22103 新北市汐止區大同路三段１８８號９樓之１
TEL （02）8647-3663
FAX （02）8647-3660

法律顧問 方圓法律事務所 涂成樞律師

總經銷：永續圖書有限公司
永續圖書線上購物網
www.foreverbooks.com.tw

CVS代理 美璟文化有限公司
TEL （02）2723-9968
FAX （02）2723-9668
出版日 2013年11月

國家圖書館出版品預行編目資料

好想知道這句韓語怎麼 / 王愛實著. -- 初版.
-- 新北市 : 語言鳥文化, 民102.11
面 ; 公分. --（韓語館 ; 13）
ISBN 978-986-88955-9-1（平裝附光碟片）
1. 韓語 2. 會話
803.288 102019007

語言鳥 Parrot 讀者回函卡

好想知道這句韓語怎麼說

感謝您對這本書的支持，請務必留下您的基本資料及常用的電子信箱，以傳真、掃描或使用我們準備的免郵回函寄回。我們每月將抽出一百名回函讀者寄出精美禮物，並享有生日當月購書優惠價，語言鳥文化再一次感謝您的支持與愛護！

想知道更多更即時的消息，歡迎加入"永續圖書粉絲團"

傳真電話：（02）8647-3660

電子信箱：yungjiuh@ms45.hinet.net

基本資料

姓名：＿＿＿＿＿＿ ○先生 ○小姐 電話：＿＿＿＿＿＿

E-mail：＿＿＿＿＿＿

地址：＿＿＿＿＿＿＿＿＿＿＿＿

購買此書的縣市及地點：＿＿＿＿＿＿

□連鎖書店 □一般書局 □量販店 □超商

□書展 □郵購 □網路訂購 □其他＿＿＿＿

您對於本書的意見

內容	：	□滿意	□尚可	□待改進
編排	：	□滿意	□尚可	□待改進
文字閱讀	：	□滿意	□尚可	□待改進
封面設計	：	□滿意	□尚可	□待改進
印刷品質	：	□滿意	□尚可	□待改進

您對於敝公司的建議

免郵廣告回信 2 2 1 - 0 3

基隆郵局登記證

基隆廣字第000153號

新北市汐止區大同路三段188號9樓之1

語言鳥文化事業有限公司

編輯部　收

請沿此虛線對折免貼郵票，以膠帶黏貼後寄回，謝謝！

語言是通往世界的橋梁

語言鳥
Parrot
語言是通往世界的橋梁

語言是通往世界的橋梁